心跳薄荷之夏

茶茶 著

THE HEARTBEAT
OF THE
MINT SUMMER

天津出版传媒集团

天津人民出版社

图书在版编目（ＣＩＰ）数据

　　心跳薄荷之夏 / 茶茶著. -- 天津 : 天津人民出版
社, 2017.5（2020.3重印）
　　ISBN 978-7-201-11547-4-01

　　Ⅰ.①心… Ⅱ.①茶… Ⅲ.①中篇小说－中国－当代
Ⅳ.①I247.5

　　中国版本图书馆CIP数据核字(2017)第060755号

心跳薄荷之夏

XINTIAO BOHE ZHI XIA

茶茶 著

出　　版	天津人民出版社	
出 版 人	刘　庆	
地　　址	天津市和平区西康路35号康岳大厦	
邮政编码	300051	
邮购电话	（022）23332469	
网　　址	http：//www.tjrmcbs.com	
电子信箱	reader@tjrmcbs.com	

责任编辑	玮丽斯
特约编辑	袁　卫
装帧设计	杨思慧
责任校对	曾乐文

制版印刷	三河市华东印刷有限公司印刷
经　　销	新华书店
开　　本	660毫米×960毫米　1/16
印　　张	16
字　　数	186千字
版权印次	2017年5月第1版　2020年3月第2次印刷
定　　价	42.80元

CONTENTS

目录

CONTENTS

目录

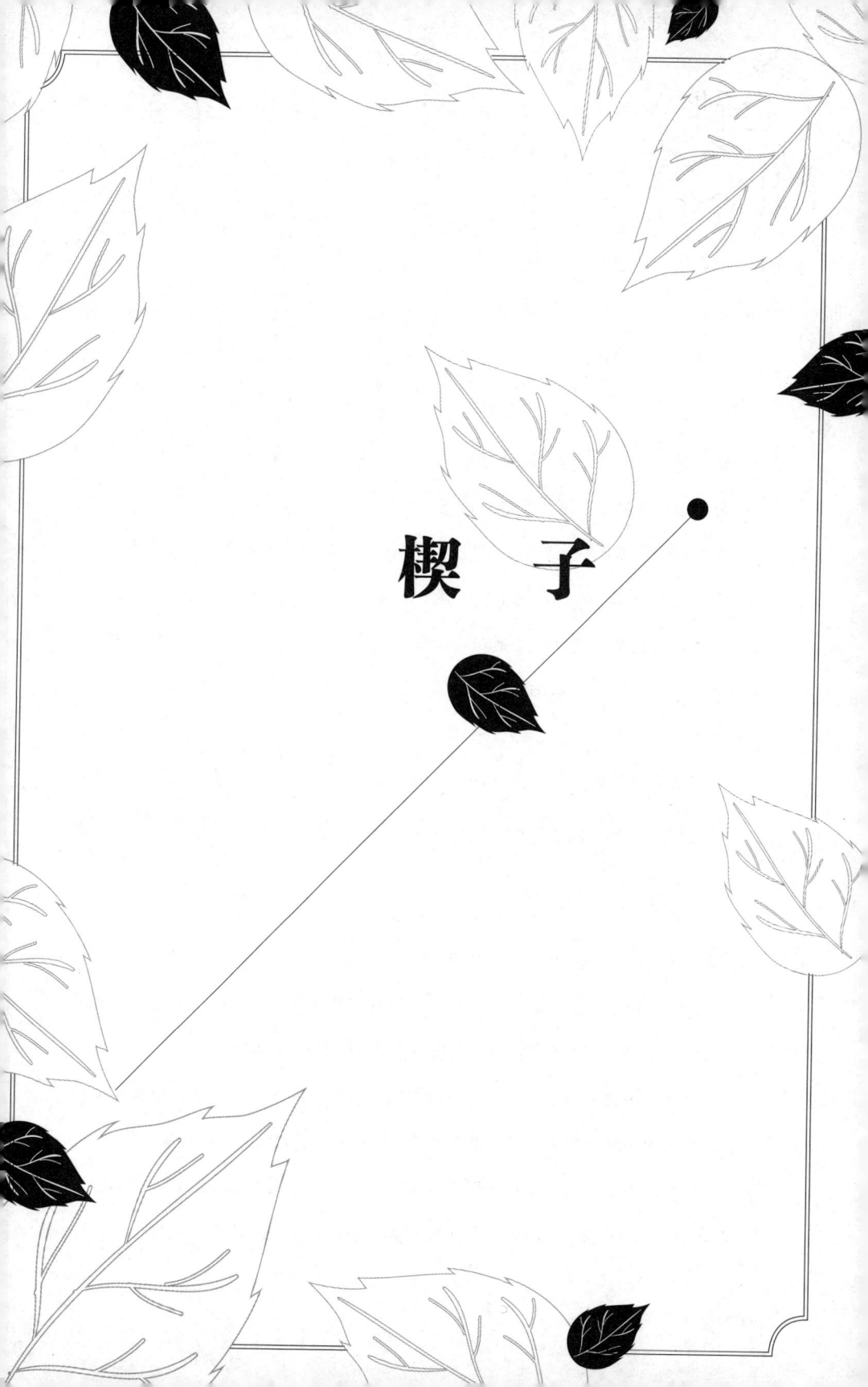

楔 子

S市国际机场，下午一点二十五分。

VIP候机室里，一个满头银发的可爱老头不时抬手看着手表，嘴里还念叨着："还有一个小时就登机了，小满怎么还没来？"

"肯定是她觉得拿不了冠军，所以不来了。"这时老头旁边的鸡窝头男孩打了个哈欠，起身伸着懒腰往落地窗外看了看，今天天气还真是好呢，超级适合长跑。

老头无奈地瞥了一眼男孩，眼见时针渐渐指向三点，他有些坐不住了，拿出手机翻出联络簿，说道："不行，我要打电话给她，这丫头不会还是没找到护照吧？"

说着老头拨通了号码，听筒里传来的却不是那个总是元气满满的声音，而是冰冷的机械女声："您好！您所拨打的号码是空号，请核对后再拨……"

老头的眉毛皱在一起，额头也冒出了细细的汗水："奇怪，小满担心错过孤儿院的电话，从来不会在白天关机呀，她不会出什么事吧？"

"老头子你放心吧！"男孩眼眸里闪耀着自信的光芒，"就算她慕小满不来，我这次也能把芝加哥国际中学生长跑比赛冠军的奖杯捧到你面前！"

闻言，老头微不可察地笑了笑，过了一会儿又故意板起脸说道："你这小子就会吹牛，又忘了训练时，从来没跑赢过小满？上次校内比赛，你也没跑过她哦。"

男孩的脸涨得通红，跺脚说道："今天的我已经不是之前的我了！慕小满她以前能跑赢我，现在可不一定！你快打电话喊她来！我这次就赢给你看！我就不信我这个全国长跑冠军，还跑不赢她那个丫头片子！"

"傻小子。"老头低声笑骂道，正准备再拨电话，手机就响了起来。

慕小满的电话！

老头立刻开心得眼睛都眯成了缝，快速按下了接听键："小满啊，到了吧？你再不快点儿，飞机可要起飞了，你就赶不上比赛了。"

"喂，您好。这里是第一人民医院，请问您认识手机的主人吗？"电话一接通，温柔的女声就传了过来。

老头听到"第一人民医院"几个字，笑容顿时僵在脸上："没错，我是机主的教练，你刚才说的是什么情况？"

"您别急，事情是这样的。机主小姑娘为了救一个小朋友出了车祸导致跟腱断裂，但所幸没有生命危险。之前她手机没电关机了，我这才充好电拨了最后一次通话的号码……"

老头一个趔趄，猛地跌坐在地板上，难以置信地开口问道："车祸！她现在怎么样了？"

"您不用急，现在她已经出了手术室，一切都很好。不过，她的小腿虽然没什么大碍，但是以后不能长时间跑步了……"

"可她……"老头捶了捶地，一行泪水从他苍老的脸上滑了下来，"是一个长跑运动员呀！"

与此同时，机场的广播响了起来："各位旅客请注意，您乘坐的飞往芝加哥的XX次航班现在开始登机，请您从22号登机口上飞机……"

　　有些机会，就这么擦身而过了。

第一章

孤 儿 院 大 危 机

心跳薄荷之夏

1.

"新的一周又开始了！"伴随着悦耳闹铃声，我掀开蓬松的棉被伸着懒腰下床，熨好的鹅黄色棉布裙安静地躺在椅子上。

我边漱口边纠结地看着它，那是院长阿姨昨天送我的礼物，说我那么大的姑娘了，也要穿穿漂亮裙子，整天穿肥大的运动服没有男孩子喜欢。

"我才不需要男孩子喜欢……"我嘟囔着，擦了擦嘴角的牙膏沫，目光却不自觉看向棉布裙。清新的鹅黄色裙子上绣着精致的白色碎花，只是看着就让人心情好。

我不由得红了脸，也许新的一周穿新裙子可以带来好运。嗯，不是为了漂亮，也不是为了男孩子，是为了好运！

我慕小满，从穿上这条裙子后，一定会好运连连！

磨蹭了一会儿后，我看着镜中那个瞪圆了眼睛，头发微卷，脸蛋微微泛红的可爱女孩傻了眼，原来女孩子真的可以靠裙子变天使。

我不好意思地挠了挠头，正想拍张自拍给院长阿姨发过去，却一眼看到了手机上的时间。

糟糕，要迟到啦！

我慌忙背起书包往外跑。作为月见学院唯一的特招生，今天第一节是外语课，而外语老师特别不喜欢我，要是我在她课上迟到，她肯定又要罚我背诵一千个英语单词了！

想起那些蚯蚓似的字母，我的脸顿时皱成一团，英语真的很讨厌，我一定不能迟到！

在距离上课还有五分钟时，我终于气喘吁吁地跑到了校门口。我拍了拍胸口，正想比个"V"，突然身后响起了一声急刹车。

不会吧！我的脸扭曲起来。

如果我没记错，昨夜下了雨。

如果额没记错，学校门前正在修花坛。

如果额没记错，身后前些日子刚挖了一个坑。

我颤抖着低下头，虽然已经有了心理准备，可是——

漂亮棉布裙上布满了不均匀的泥点，原本娇俏的嫩黄色沾上了黄褐色的泥巴，整条裙子看起来就像掉进了泥坑一样，又脏又邋遢。

这可是我求好运的裙子，居然还不到一个小时就变成了这样？

我把手指捏得咔咔响，向那刚刚停下来的，一看就贵得车身都在冒金光的豪车走去。

我才不管那人到底多有钱，反正弄脏了我的裙子，他就必须道歉！要知道这可是有老花眼的院长阿姨一针一线给我缝的全世界唯一的裙子！

"啊……时洛！"

"时洛！"

"我的时宝宝！时洛！"

心跳薄荷之夏

我才走到车前，就有一大批女生从四面八方跑来，嘴里还疯狂地喊着同一个名字。

我竖起耳朵听了听，时洛？是谁呀？宝宝？是小婴儿吗？

"让开。"突然，车内响起一个很轻却冷冰冰的声音，像冬天飘落的雪花般，刚刚落地便化了。

咦？原来车里的不是宝宝……

围过来的女生越来越多，声音也越来越大，我快要被尖叫声淹没了。

"唉！"我叹了口气，扯了扯满是泥点的裙子，算了，我还是先去卫生间把泥点处理掉，不然留下印子，那可就麻烦了。

我瞪了一眼豪车，往后退了几步想要离开。这时车门被推开了，一双笔直修长的腿率先迈了下来。紧接着一个面无表情的男孩出现在我眼前。

我顿时愣住了，我从来没见过那么漂亮的男孩！

他的皮肤犹如上好的奶油般白皙，那头微卷的亚麻色头发在阳光下看起来蓬松又柔软，高挺的鼻梁像是画笔勾勒出来的般立体，漂亮的桃花眼里闪着星星点点的光，显得忧郁又深情。薄唇如樱花果冻般粉嫩饱满，比树上新结的樱桃还要诱人。

他全身散发着一股高贵的气息，犹如欧洲小说里走出来的王子一般，只要站着就是一幅精美的画！

我惊讶极了，这个人就是时洛吗？难怪有那么多女生喜欢他。不过再好看，他也是弄脏我裙子的坏人！我才不要在这里看他。

我提着裙子，小心翼翼地往旁边挪。可是越来越多的女生围了过来，我走几步就被她们推着往后跟跄几步，就这么推搡间，我的小腿突然撞到了旁边的人，腿上立刻传来一阵钻心的疼痛。

下一秒我就摔倒在了地上，裙子和泥水又来了一次亲密接触。

"你！"我的头上响起了冷漠的声音。

我疑惑地抬头，只见那个漂亮男孩冷冷地看着我："出场的方式很新颖，也成功引起了我的注意，但是你挡到我路了。"说完他看也没看我一眼，直接从我身上跨了过去。

什么！我几乎要咆哮了，他自我感觉是有多良好，谁稀罕他的注意啊！而且真不忍心告诉他，这句话早过时了！

可是我明显低估了现场其他女生的接受程度。

女生甲："啊，洛宝宝好帅！"

女生乙："冷酷的时洛最吸引我了！"

……

那群女生也尖叫着从我旁边追了过去。

我叹着气从地上爬起来。如果她们跑五百米时拿出这样的速度，我相信肯定不会挂科！

小腿隐隐约约的疼痛一直持续到了放学，我揉着还有些疼痛的小腿纠结了几秒，还是慢慢走到了田径场。

我找了个安静的角落坐下，微笑地看向跑道。那里有两个可爱的女生正在比赛跑步，圆圆的脸蛋上带着薄汗，嘴角上扬，看起来十分开心。

我的眼睛忽然有些酸，要是我的跟腱没有断裂，现在也会开心地在跑道上训练吧……

"小心！"突然旁边传来惊呼声。

我下意识地回头，就见一颗网球直直向我砸来。我还没来得及躲开，网球就快准狠地砸中了我的脑门。

"啊！"我疼得眼冒金星。

我今天怎么那么倒霉啊，呜呜呜……

"对不起，同学。"这时一个男生飞快地跑过来，清秀的脸上写满了歉意，"我不是故意的，你还好吗？"

"没事。"见他那么礼貌，我也不好责怪他，只好揉着额头起身，却又跌回了座位上。被网球砸了一下，再加上我还没有痊愈的小腿，这杀伤力真是太大了！

"我只是有点儿晕，应该一会儿就好了。"

"不行，我还是送你去医务室！"男生不安地搓了搓手，"校医检查过，我才能安心。"

"好吧。"看他急得冒汗，脑门又确实有些疼，我点点头起身说道，"麻烦你了。"

"本来就是我的错。"男生不好意思地揉了揉头发，笑起来脸上有对可爱的梨涡，"我叫时澈。"

"哦，我叫慕小满。"大脑的疼痛让我看面前的人都有些重影，"可以走了吗？我还忙着回家呢。"

"啊？哦！"时澈点点头，小心翼翼地看了看我，"需要我扶你吗？"

"不用。"我瞥了眼跑道上已经比出胜负的两个女生，嘴角轻轻扬了起来，"至少我还能走路，挺好的。"

走到半路，我突然听到不远处传来熟悉的尖叫声："时洛，我喜欢你！我好喜欢你！给我签个名吧！"

又是他！

我顿时汗毛竖起，眼珠滴溜溜转了转，果然在左边马路的人行道上，一个穿着粉色连衣裙的女生正追着那个自恋狂要签名。

自恋狂依然是那副冰山脸，他看都没看女生一眼，直接推开她的签名本："签名请到签售会。"

"时洛，你就现在帮我签好不好？"女生的眼泪"啪嗒"掉了下来，她抓住自恋狂的手不放，"就签一个行吗？"

"放手。"自恋狂的眼神冷了下来，语气里也开始酝酿起风暴。

"我不放！"女生也倔强起来，更紧地拉住自恋狂的手，尖锐的指甲几乎都掐进了他的肉里。

自恋狂猛地抽出手，女生一下跟跄地摔在地上，撕心裂肺地喊着："时洛，时洛不要走！"

这……简直就是偶像剧的现实版啊？要是再有个男二号跑出来，简直就是神作了！

没想到，走在我身边的时澈突然跑过去，把女生拉起来，冷笑地看向自恋狂，讽刺地说道："果然是大明星，喜欢你、宠你的人太多，少一个也无所谓，是吧？"

天啊，我震惊了，时澈是两面怪吗？明明之前还是一副阳光男孩的模样，现在对着自恋狂却像只竖起刺的刺猬。

"随你怎么想。"自恋狂淡淡地看了眼已经沁出血迹的手臂，鼻翼微微抽动了一下，"你挡着道了，让开。"

"时洛，把名签了！"时澈眉头皱得很紧，从女生手里拿过签名本直接放到自恋狂眼前，"不然你别想走。"

"不签。"自恋狂直接拍飞签名本，冷声道，"我再说一遍，在学校我是学生，想要签名就去签售会。"

"时洛，你别找打！"时澈突然激动起来，上前揪住自恋狂的衣领，"我可不会像别人那样宠着你！"

"那你试试。"自恋狂有些不耐烦地扯回衣领。

一时间场面剑拔弩张起来，围观的学生也越来越多，男生都是一副看好戏的模样，女生则担心得快要哭了。

我看着人群中的两人，悄悄往后挪了挪步子往医务室跑。自恋狂弄脏了我的新裙子，而且还不道歉，一副全世界都应该让着他的讨厌模样。还有那个两面怪也是，有着两种极端的性格，怎么看都很可怕，我还是远离他们为妙！

2.

"啊啊啊……疼疼疼！"刚刚跑到医务室，里面就传来一阵杀猪般的号叫，惊得我推门的手僵在了空中。

这是发生什么可怕的事情了吗？

我轻轻推门进去，就看见漂亮的校医姐姐正在给一个小巧女生做推拿。女生趴在病床上，圆圆的脸上爬满了泪痕，那双紫葡萄般晶莹的眼睛里还泛着泪光，看起来可怜极了。

"表姐，你轻一点儿嘛，好疼哦。"

"现在知道疼了！"漂亮的校医姐姐在她背上轻轻捏了捏，"真是搞不懂你，一个比赛而已，那么拼命做什么？要是小姑姑知道了，看你怎么解释！"

"表姐你不懂。"上一刻还疼得眼睛红红的女生一下兴奋起来，"因为有值得拼命的东西啊！和那东西比起来，疼痛根本算不了什么！哎哟，你轻点儿！轻点儿！"

"不是算不了什么吗？"校医姐姐挑眉，手上却放轻了力度，"真是不明白你们这些小孩一天到晚想什么。算了，这次我就替你保密，不告诉小姑姑，但是你下次再这样，我可不帮你了！"

"嗯。"女生似是担心校医姐姐反悔，像只啄木鸟似的猛点头，看起来可爱极了，"谢谢表姐，我保证下次多拼命一点儿，却不受伤！嘻嘻。"

见女生笑得眼睛都弯成了月牙儿，我也忍不住笑了出来，这个女生好可爱哦，而且性格也特别乐观开朗。我忍不住跟她搭话："同学，你加油哦！"

"啊？"听到我说话，女生诧异地回头，愣了两秒，脸上漾起甜甜的笑容，"嗯！谢谢你！"

"咦？有同学来了！"校医姐姐也听到声响回过头，对着我抱歉地笑了笑，"这是我表妹，平时就咋咋呼呼的，受不住一点儿疼，叫得整个学校都听见了。"

"才不是呢！"女生鼓起腮帮子，委屈地拉住我的手晃了晃，"同学你不知道，真的可疼啦，像是全身骨头要散架一样，要是换别人，可能叫得比我还大声呢！咦，同学，你叫什么啊？我叫苏也秋！"

她的话题转得太快，我反应了几秒才回过神来："嗯，我叫慕小满。慕是羡慕的慕，小满是二十四节气之一的那个小满！"

苏也秋张大了嘴，狡黠地眨眨眼："那我也要重新自我介绍一下！我叫苏也秋，苏是苏东坡的苏，也是也许的也，秋是秋天的秋！嘻嘻，是不是也文艺了一点儿？"

"苏同学你真可爱！"

"真巧，我也觉得你很可爱！"

我瞪大眼睛看着苏也秋，这还是第一次有人说我可爱！不知道为什么，我的心底生出了一股强烈的渴望，我很想和她交朋友！

小时候在孤儿院时，我也曾经有个长得像洋娃娃般的好朋友，可惜她被领养走了后，我们就再也没有联系了。而我也一直没有朋友……

我鼓足勇气，期待地看着她："苏也秋同学，虽然有点儿唐突……不过你当我朋友好不好？"

"啊？"苏也秋鼓起包子脸，大眼睛忽闪忽闪的。在我紧张得手心冒汗时，她轻轻握住我的手，说道："嘻嘻，从我们自我介绍的时候开始，我们就是朋友了呀！"

苏也秋的手白白的、软软的，握起来特别舒服，我的眼睛热了起来，也轻轻反握住她的手："嗯！"

校医姐姐帮我看了看头上被网球砸过的地方，除了一个红红的印子没什么大碍，而她只是在我的小腿上捏了捏，原本还有些疼的小腿也不疼了。

苏也秋担心地让我躺在病床上休息，还怕我无聊，陪我聊天。

正说着，手机闹铃响了起来，我立刻从病床上跳起来。糟糕，打工时间快到了！

"也秋，我有点儿事先走了，明天再聊！"

"好，反正我就在你隔壁班！"苏也秋对着我挥了挥手。

我对着她点点头，背着书包就往外跑，没想到刚跑出门，就一头撞上了一个物体，我被弹得往后退了几步。

"咦？慕小满同学！"

这声音好像有点儿熟悉？

我疑惑地抬头，一眼看到了我不想见到的人——两面怪时澈！

"你还好吗，医生怎么说？"时澈满头大汗，清秀的脸上满是红晕，就连说话都微微喘着气。

嗯，他看起来好像很担心我。可是之前他明明很凶地对待自恋狂，嗯……虽然自恋狂确实很讨厌。

"我没事。"我对着时澈摆摆手，"你不要愧疚啦，你也不是故意的。我还有事，就先走了！"

说完不等他回答，我就飞快地跑了。距离去便利店打工还有一个小时，只要跑得快，我还有十分钟时间先去传达室拿《体坛周报》！

一路小跑，我很快到了传达室。

传达室在学校后门，好像被人遗忘了一般，到处落满灰，也没人打扫。里面只有一个听不清也看不清的秦爷爷值班。除了我偶尔去拿《体坛周报》，还从来没见有人去过呢。

"小满来啦。"秦爷爷站在镜子前，脸上戴着墨镜，头上也戴着顶金色卷发，"你看大爷这新装备怎么样？"

我小跑过去仔细看了看，把手做成喇叭的样子放在嘴边，大声说道："好看！"

"哈哈，我也觉得，花了好几十元呢。"秦爷爷哆嗦着把假发取下来，"报纸在桌上，你自己去拿吧。这报纸啊，现在也只有我这把老骨头和你还在看喽。"

"秦爷爷，您一点儿也不老！"我拿起报纸，从书包里把给秦爷爷带的水果拿出来放在桌上，"秦爷爷，我走啦，这些水果您记得吃完哦，下次过来我再给您带！"

"什么？"秦爷爷脸上现出迷茫的神情，他戴上老花镜凑到桌前看看，才皱眉说道，"你又带水果做什么，不是要你别乱花钱吗？你一个小姑娘，打点儿零工赚钱多不容易。下次不准带了！"

"是是是。"我做了个鬼脸，正想跑出去，却被迎面跑来的人撞得往后趔趄了好几步。我疼得龇牙咧嘴，在看清撞我的人时，更是气得跳脚："怎么又是你……自恋狂！"

自恋狂嘴角动了动，在听到身后震耳欲聋的喊声时，一把拉住我躲到桌子底下。不等我说话，他又一把捂住了我的嘴。

他的手很白，很修长，还有淡淡的橘子香。可即使这样，他也不能随便捂住我的嘴啊！我瞪着他，试图用眼神表达我的不满。

不料自恋狂根本不理我，只专心地听着门外的动静。在门外没了声音后，他才拉着我出来放开手，说道："我警告你，不准和别人炫耀这件事！"

"你有病吧！"我甩开他的手，气红了脸，"遇到你简直是倒了八辈子霉！还炫耀？"

自恋狂愣了愣，过了会儿有些不可思议地看着我："你真不认识我？"

"你是大明星吗，人人都要认识你？"我不屑地卷好报纸，瞥了他一眼后准备离开。真是可怜，长得好看有什么用？脑子有那么严重的毛病。

"你等等。"自恋狂拉住我，从挎包里拿出份文件递给我，"既然你不认识我，那我就给你这个机会。"

我无语地看着上面的大字——《薄荷一夏·青春最上游》，如此矫情的名字……难道是什么狗血青春小说？

"我不看小说的。"

自恋狂狐疑地看了我一眼："你是外星球来的吗？什么都不知道。"

"知道这些有什么了不起的吗？"我撇撇嘴，随手翻开文件看了看。

原来是份校园真人秀挑战的合同。

NTV和三大重点学院为了做慈善、宣传学校而联合举办真人秀挑战节目，在每所学院中邀请人气最高的两名男生，并由他们指定女生参加，两个星期拍摄一次，报酬可观。

而月见学院参与者就是娱乐明星时洛和体育明星牧星。

咦？我看了自恋狂一眼，说道："原来你真是明星啊，难怪那么多人追着你跑！"

时洛轻不可闻地"嗯"了声："机会我给你了，你自己把握吧。"

说得好像是施舍一样！我的脸色冷了下来。虽然我对报酬心动，但是要和这个讨厌鬼、自恋狂搭档，我宁愿不要参加！

"谢谢，我不稀罕！"我哼了声，把合同直接摔到他那张看起来就自大的脸上，"就算你出现在我面前的方式很新颖，也成功地引起了我的注意，但是，抱歉，你挡到我路了。"

见他一脸铁青，我得意地绕过他跑了出去。

原来说这话的感觉那么爽！

3.

合同风波过去了几天，直到周末我都没再看到自恋狂出现在学校，不知道是不是哪个倒霉蛋被选中成了他的伙伴，真是可怜。

我伸了个懒腰起床，洗漱完后就提着昨天买好的几袋零食出了门。

今天是去孤儿院的日子。想到可爱的小朋友们应该已经起床在孤儿院等我了，我就一阵开心。虽然没有交到朋友，可是我发自内心地把这些比我小的孩子当成家人，再加上院长阿姨对我的关心，总让我下意识地把有他们的地方当成家。

我从小就是孤儿，有记忆以来就住在"暖心孤儿院"。虽然现在已经单独搬出来住了，不过那里的人永远是我的亲人，每逢周末，我都要回去看看才觉得安心。

刚上公交车，正在欣赏窗外风景的我就听到公交广播里女主播念出了熟悉的名字："大家早上好，今天我们为大家带来的是最近人气偶像时洛的新闻。

大家都知道他是今年最耀眼的新星，不仅有着天使般的外貌，身材也是模特级别的，拥有一大批可爱的粉丝。可是最近我们收到消息，据说时洛的脾气不太好呢。"

"哦，是吗？"另一个男主播吃惊地说道，"那为我们详细说说吧。"

"好的。"女主播甜甜地笑了笑，"爆料人说时洛对粉丝的态度很不好，有一个粉丝追着他要签名的时候，他还把粉丝推倒了呢！"

"天啊，这不会是真的吧？"

"应该没错哦，爆料人和时洛一个学校——就是著名月见学院。而且我虽然没采访过时洛，但也听其他同行说过，时洛总是摆着张扑克脸，也不怎么配合采访。"

"原来是这样啊。"男主播恍然大悟地拍了拍手，"难怪他人气那么旺，却还是没成为巨星。"

"就是。不过我还是很喜欢时洛，希望他以后越来越好。"

这时公交车到站了，我提着零食下车，脑海中浮现出时洛那张自大的脸，不由得幸灾乐祸起来。自大、自恋，又冷冰冰的，脾气还那么恶劣，活该成不了大明星！

我走了半小时，终于到了孤儿院，小朋友已经在院子里活动了，我和门卫打了招呼后就把零食分给了小朋友们。虽然花了我打工一周的工资，但看他们吃得满足开心，我的心也满满的，幸福极了。

"小满姐姐，院长奶奶说给你做了条新裙子，可好看啦，你怎么不穿呢？"我刚分完零食，小女孩晴晴就拉住我的衣角晃了晃。

她是在雨天被丢在孤儿院门口的，院长阿姨特地给她取了晴晴这个名字，希望她以后的每一天都阳光灿烂，天气晴好。

"是很好看呢。"我弯身在她的小脑袋上揉了揉，"不过姐姐和你说个秘密，你保证不说出去，我才告诉你。"

"好呀，好呀。"晴晴说完赶紧用小胖手把嘴巴捂住，两只圆眼睛滴溜溜转了转，凑到我耳边小声说道，"晴晴刚刚观察了，没有人！小满姐姐，你快说吧。"

"真乖。"我莞尔一笑，也故作神秘地凑到她耳边，"姐姐的裙子被一个大坏蛋弄脏了，他还不跟我道歉呢。"

"啊，还有那么坏的坏蛋？"晴晴气得鼓起腮帮子，霸气地拉住我的手说道，"等我以后长大了，就帮姐姐打坏蛋！"

"那你要快快长大哦。"我在她的脸蛋上亲了一口，突然想起这个月要拿给院长阿姨的钱还没给她，"晴晴，你知道院长奶奶在哪里吗？我好像没看到她呢。"

"知道呀！"晴晴拉着我往前走，"我看到她和白胡子爷爷去了花园。"

白胡子爷爷是孤儿院的财务，我还在孤儿院时他就在了，不过他近年来身子不太好，除非有大事才会来孤儿院，今天是出了什么大事吗？

我皱皱眉，心里突然不安起来。我拉住晴晴，说："晴晴，姐姐想起来还有包棒棒糖没有分给小朋友，你能帮姐姐分一下吗？"

"当然可以啦，院长奶奶说帮助别人会很快乐的！"晴晴接过棒棒糖，蹦跳着走了。

我深吸一口气，放轻步子往花园里跑，不一会儿就看到了院长阿姨和白胡子爷爷，他们脸色都很凝重，好像在讨论着什么。

我屏息挪过去靠在花架下，这才听清他们在说什么。

"老白，我真的已经试过所有办法了，没有人愿意资助咱们孤儿院。"院长阿姨的眉毛皱得更深了，总是带着微笑的脸上没有一点儿笑意，看起来憔悴极了，"这样下去，这些孩子可怎么办啊？"

什么！我差点儿尖叫出声，赶紧用手紧紧捂住嘴。

孤儿院发生什么事了吗？

"我这里还有些积蓄，虽然九牛一毛，你也先拿着撑段时间。"白胡子爷爷拿出一张银行卡放到桌上，"剩下的我再想想办法，总会有办法的。"

"不行。"院长阿姨果断摇头，把卡又推了回去，"先不说这是你治病的钱，就是拿来补贴，也根本于事无补，这可是两百万的事情。"

"可三个月后再补不上这个缺口，孤儿院就要关门了！"白胡子爷爷急得头上冒汗，我第一次在他和蔼的脸上看到了绝望。

两百万……我捏了捏手中的信封，这是我攒下的钱，每年交给院长阿姨一次，当作是给孤儿院捐款，可也只有两千块而已……

尽管月见学院因为我的长跑特长免掉了学杂费，可我打工赚的钱扣除房租和生活费，也剩不了多少了。

我把信封放在院长阿姨的办公桌上，失魂落魄地离开了孤儿院。我不希望这么温暖的孤儿院消失！可是只有三个月，我要怎么凑到那么多钱呢？

回去的路上，我拿着手机不停找招工信息。适合课后、周末做的兼职本来不算少，可是工资……估计我要工作一百年才能凑齐两百万……

心跳
薄荷之夏

"呀，甜甜，节目快要播了吧？我记得你妈妈是台里的编导，有什么内幕消息吗？"突然，一群高中女生上了车，坐到我旁边兴奋地讨论着。

"有哦。"叫甜甜的女生压低声音，神秘地说道，"时洛的搭档还没有确定。不知道哪个幸运的女生能有这个机会呢。"

"好希望是我哦，我超级喜欢时洛！要是能天天对着他，我做梦都会笑醒的！嘿嘿。"

"大花痴！不过其实我也偷偷希望是我，嘻嘻。"

她们还说了什么，我都听不进去了，满脑子都是一个泛着金光的名字——时洛！如果我没记错，《薄荷一夏·青春最上游》合同上的酬金，是两百万！不多不少，正好两百万！

也许，我可以抓住这个机会！

第二天一放学我就打探到了时洛的班级，可是等我赶过去时，只看到时洛俊逸的身影在拐角处一闪而过。

我蹲下身揉了揉小腿："可爱的跟腱，今天千万不要和我闹脾气发病哦，我有很重要很重要的事情要做呢，你坚持一下！"

说完我深吸一口气，撒开脚丫子就往时洛消失的方向追了过去。

据说时洛偶尔才会来学校上课，如果这次我不能找到他，下一次还不知道要等到什么时候。

还好皇天不负有心人，我追了半个小时后，终于在废弃的喷泉那里看到了时洛的身影。

　　我撑住膝盖好奇地盯着他被暖金色夕阳勾勒出的完美侧颜。因为学校在宽阔的地方修建了新的音乐喷泉，所以这个老式喷泉早已荒废了，自恋狂来这里做什么呢？

　　我轻轻地走过去，发现时洛正看着钱包里的照片发呆。我踮起脚悄悄地瞥了一眼，上面是个白嫩可爱的小男孩，举着水枪开心地站在喷泉边。

　　这是谁呢？长得可比自恋狂可爱多了！早知道应该在网上先搜索下自恋狂的信息，知己知彼才好。

　　不过现在先问问他合同的事吧……

　　我咳了咳，挪到他面前："时洛同学，你好。"

　　刚刚还在发呆的时洛飞快地把钱包合上，一脸不耐烦地抬头看向我："是你？"

　　"你还记得我呀。"我故作镇定地说，"之前你不是希望我做你的搭档吗？嗯，我认真考虑了一下，助人为快乐之本，所以我决定答应你！"

　　时洛冷哼一声，伸出食指对着我摇了摇："晚了，我已经决定让另外的人来和我搭档。毕竟想做我搭档的人，可以从地球排到火星。"

　　听到他想要另找搭档，我情急之下挡在他面前，恳求道："拜托你……我真的很需要那笔钱，我保证会认真完成任务，帮你拿到冠军！拜托你了……"

　　时洛鄙夷地看了我一眼，声音更冷了："我最讨厌你这种一切向钱看的人。让开，我不想看到你。"

　　我才不是一切向钱看的人……我的眼圈红了，拦着他的手也软软垂了下去。我想要开口却不知道怎么说。说我不是为了钱吗？可我就是为了钱……

　　"抱歉，打扰你了。"我失落地说了一句。

这时远处响起了喧闹声，熟悉的"时洛""时宝宝"此起彼伏。

看来时洛的粉丝又找过来了。

我瞥了他一眼准备离开，不料他总是像冰山一样的脸上竟然露出了惊慌的表情，他拉住我："如果你可以帮我甩开她们，我就再给你一次机会！"

"真的？"我的眼睛亮了起来，心里重新燃起了希望，"不骗我？"

"真的。"见呼喊他的声音越来越近，时洛立刻把他的手机塞到我手里，"这个暂代合同可以了吧？"

"成交！"我笑得嘴巴咧到了耳根，拉着时洛往秦爷爷的传达室跑。

一个主意在我的脑海里盘旋，这样，应该没问题吧！

到了传达室，我和秦爷爷耳语一番，他便爽快地把他的墨镜和金色假发借给了我。

我走到一脸惊慌的时洛面前，说："看。"

"什么？"他嘴角抽了抽，随即眼眸蓦地亮了起来，漂亮极了，"你是让我乔装！"

"聪明！"

我踮起脚把金色假发戴到他头上，又把墨镜递给他："戴上吧。"

他听话地把墨镜戴上，精致的巴掌脸瞬间被大蛤蟆镜挡住了三分之二。虽然还是能看到那漂亮的薄唇，但是一会儿我用"雄壮"的身躯挡在他前面，就没人能看见！

"还可以吗？"他紧张地开口，"我真的不能被她们找到。"

"放心，我敢保证现在就算你去照镜子都认不出自己！"我拍了拍胸脯。

"那现在怎么办？"他往身后看了看，表情还是有些不安。

我指了指角落的自行车，说："放心，秦爷爷的自行车时速秒杀一切豪车。今天就让我带你体会一下'校园法拉利'的神奇！"

时洛无奈地看了我一眼："走吧。"

五分钟后，我骑着自行车，带着后座的时洛从一群四处寻觅的女生中间潇洒而过，没有引来一点儿怀疑。

出了校门，时洛指示我在那辆溅了我一身泥的豪车前停下。他下了车后，脸上又恢复冰山般的冷漠："明天早上十点你到Magic咖啡馆等我，我会带着合同来换手机。记住，千万不要试图打开我的手机，我设置的密码你是破解不了的。"

又来了！

我吐了吐舌头："好啦好啦，我保证完璧归赵！"

"很好。"在下一波尖叫声到来之前，他把墨镜、假发取下来递给我后，便上了车，"再见。"

直到车子消失在视线里，我悬着的心落了一半下来。我捏着时洛的手机，高兴得跳了起来。

真好，孤儿院有救啦！

第二天，我早早就到了时洛指定的地点，还特别心疼地给他点了份现磨咖啡，而我只有一杯凉白开。

到了十点，时洛准时出现在咖啡馆。看着我点的咖啡，他脸色黑了黑，唤来服务员换了杯凉白开，这才拿着合同在我眼前晃了晃："手机。"

人在屋檐下，不得不低头！为了早点儿签下合同，我谄媚地把手机恭敬地放到他面前，还笑成了一朵花："在这儿，保证连个手指印都没有！"

闻言，时洛真的拿起手机仔细检查起来，过了会儿还从包里拿出放大镜照来照去！

在我快要爆发时，他才冷冷地说道："签吧。"

"嗯嗯！"我慌忙把名字签上，心里那块石头总算落地。

"不过，我要提醒你。"时洛端起水杯优雅地喝了口水，鄙夷地看着我说道，"我们只是单纯的搭档关系，不管是过去、现在，还是将来，都只会是这种关系，所以你别有别的心思。"

"啊？"我迷茫地瞪大眼睛，他在说什么啊？我当然不会有别的心思啊！

"真不知道你是装傻还是真傻。"时洛无奈地看了我一眼，指着他自己道，"明白了？"

他是不是真的脑子有问题？

我尴尬地摇了摇头："自恋……时洛，你想说什么就直说吧！"

"好。"时洛一口把水喝完，咬牙切齿地道，"我是说，我那么完美，你千万不要在和我近距离接触时爱上我，这样我会很困扰的！"

我白了时洛一眼。我确定了，他真的有病，无药可治的自恋病！放心好了，就他那细胳膊细腿，我慕小满根本不可能，哦，是绝对不会喜欢上他的！

自恋狂，你就放心好了！

第二章

不 真 心 的 初 次 挑 战

1.

一个小时后，我和时洛谈论好了合同细节。我小心地把合同放在书包的夹层里，这可是孤儿院的救命钱，我一定要保管好！

"钱有什么好？"准备起身的时洛冷冷瞥了我一眼。

"啊？"他突然出声吓了我一跳，我的食指一下被卡在了书包拉链里，直接扯掉了一小块皮，沁出了几滴血珠。

"啊，疼疼疼！"

天知道我天不怕地不怕，就怕疼，哪怕破一点点皮，都能痛彻心扉，何况还是那么大块、直径一厘米的皮！

"真的很疼？"时洛纳闷地看向我，虽然极力假装冰山脸，但我还是从他表情里看出了一丝愧疚。

哼，总算还有点儿良心！

我吹了吹手，然后轻轻甩了甩，说："没事啦，你不用愧疚，我小时候从树上摔下来也没事呢！"

"拿来。"他默默坐到我旁边，摆出扑克脸，命令道。

拿来？我顿时惊慌起来，慌忙把书包护在身后。他不会抽风想把合同要回去吧？名字都签了，应该已经具备法律效力了吧？

时洛无奈地咳了咳："不是合同，是你的手。"

"啊，哦！"听到时洛不是要合同，我顿时松了口气，毫不犹疑地把手伸到他面前。可是，他要做什么呢？

时洛从他的包里拿出一个盒子，打开，里面竟然是些纱布、酒精和小剪刀之类的东西。

他拿出棉签蘸了点儿酒精给我破皮的手指仔细消毒，然后用纱布轻轻裹了起来。

"不，不用这么小题大做吧。"我尴尬地说道，我刚刚竟然怀疑他要收回合同。

"小伤口不好好处理也会有大问题的。"

我看着他专注的侧脸，一时有些发蒙："没想到你爱好那么独特，每天都把医药箱带在身上！"

见我的手没有大碍，时洛淡淡地把药盒装回包里，起身说道："三天之类不要碰水。"

"哎！等等！"眼看时洛要走，我慌忙站起来，膝盖却又不小心磕到了桌腿上，"啊……"

时洛的眉毛微不可察地抽了抽，总是冷冰冰的声音有了一丝起伏："又怎么了？"

我委屈极了，一边疼得心累，一边又不得不解释道："钱真的很好。"

"什么？"时洛的声音再次恢复冷漠，如紫葡萄般晶莹剔透的双眸里浮起淡淡的水光。

心跳
薄荷之夏

不知为什么，看到他那张冷漠的脸，我竟然会觉得此刻的他像玻璃娃娃般，无论谁轻轻一碰，都会碎得体无完肤。

我不由得放轻了声音："也许钱本身并不好，只是一张薄薄的纸片，可是我需要它。它能帮助我守住我的幸福、我的家。"说着，我的眼前浮现出院长阿姨的脸、白胡子爷爷的脸、晴晴的脸、好多好多的脸……他们都在孤儿院里幸福地笑着，仿佛那就是最美的地方。

我微微弯起嘴角，第一次毫无顾忌地直视着时洛，说："只要能守护住家、守护住我爱的人，那钱就是全世界最好的！"

时洛沉默了。他静静看了我一会儿后，突然轻声道："你叫什么？"

"什么？"酝酿好的情绪"唰"地消失了，我宛如被点穴般僵立在原地。

是，我长了张大众脸，我知道。我走在路上，融进人群里，没有人能一眼认出我，我也知道。可是，我和时洛见面四次，除了第二次我看见他，他没发现我，其他三次我都和他面对面交流过！尤其是这一次，我刚和他签了合同，写上甲方、乙方姓名那种正规的合同！

他竟然问我叫什么名字！长得好看也不能这么无视别人啊……太过分了……

"我……"他眉头紧皱，停顿了一会儿才有些困难地开口，"之前你签名时我在想着别的事情，所以没仔细看。"

咦，他这是在向我解释？我狐疑地看了时洛一下，没想到他的脸竟然微微红起来。

"你不说就算了。"时洛说完转身就要走。

我挠了挠头，真是搞不懂这些大明星到底在想什么。但他作为接下来几个月要给我付巨额报酬的"老板"，我觉得我还是把自己的名字告诉他为妙。

"哎。"在他快走到门口时，我抢先跑过去在他之前出了门，还说了一句，"我叫慕小满，羡慕的慕，二十四气节里代表农作物开始饱满的那个小满！"说完我来不及等他回答，便飞快地追上了快开走的公交车。

还好我视力好，一眼看到公交车开过来了，不然从这里到家，坐地铁可比坐公交贵两块钱呢！

我满心雀跃地从咖啡店回到家，把合同郑重地放到抽屉里，还用一把精致的铜锁锁了起来。这铜锁是我住院时，邻床的老奶奶送我的礼物。

她说那是她小时候和锁匠父亲做的第一把锁，虽然不怎么好，但因为太过珍贵，她舍不得丢，带在身边七十多年，没想到当时粗糙的锁竟然变得光滑起来，看起来尤其精致。

"奶奶希望小满啊，像这把锁一样，尽管一开始遇到了荆棘，可是以后啊，会过得越来越好。"出院那天，老奶奶慈爱地拉住我的手，把这把她珍藏了一辈子的铜锁送给了我。

"麻烦你帮我锁住我的幸福哦。"我轻轻亲了亲铜锁，眼睛都笑得眯成了一条缝，要是院长阿姨知道孤儿院保住了，她一定会很高兴！

我现在就打电话告诉她！

我拿出手机，刚拨出去就快速按掉了。

不行，还有时洛！我怎么把他这个不稳定因素忘了呢？

只要真人秀一天没开拍，他都可以把我换掉，要是哪天他心情不好，或是觉得我的颜值不够做他搭档，他把合同一撕，拒不认账怎么办？

不行不行……我纠结起来，关掉手机飞快地打开了笔记本电脑。他是人气偶像，网上肯定会有他的资料，只要我知道他的所有喜好，那就可以投其所好，不惹怒他啦！哈哈，我真是机智的慕小满。

才在搜索栏打上"时"字，时洛的信息就自动跳了出来。我咋舌地看着他那张天使般无害的脸以及下面的无数留言，难怪他那么自恋呢，原来真有那么多人疯狂喜欢他呀！

我顺手点开第一页，他的资料弹了出来。

姓名：时洛

年龄：18岁

身高：182厘米

体重：72千克

家属：弟弟

性格：既高冷又温暖

外貌：如果世上真的有天使，那大概就是洛洛这般模样

"哐当……"在看到最后一栏时，我惊得一下合上了笔记本电脑。天啊，不愧是粉丝写的词条，这完全是带着滤镜写的嘛。

还有性格，高冷又温暖？他什么时候温暖了？第一次见面还冷冷地从我身上跨过去呢！还有啊，对喜欢他的粉丝也很恶劣，死活都不给签名呢！

不过……我又打开笔记本电脑，看着照片里时洛微微上扬的嘴角，真好看

啊，就像早上他在咖啡馆里给我包扎手指一样好看……

嗯，大概那时候他抽风了！不然真找不出理由来解释他那么温柔地给我包扎伤口。

我细细摩挲着手指，躺在床上看着泛黄的天花板发呆。原来那么冷漠的时洛还有个弟弟，不知道他对他弟弟是不是也这般冷冰冰的呢？

想着想着，我渐渐睡了过去。梦里飘满了粉红色的人民币，全都洒向了孤儿院。

真好，孤儿院保住了！

2.

因为一晚的美梦，早上我起晚了，我一路小跑到了学校，小腿又有点儿疼了。只有几分钟就要上课了，我迅速跑进了校门，可是没想到刚从门卫的"魔爪"下逃脱，又陷入了一双白嫩的"爪子"里。

我无措地看着面前可爱的圆脸女生："同学，有事吗？"

"你是……"圆脸女生眨了眨眼睛，满脸疑惑地看着我，"慕小满吗？"

我快速在脑海里搜寻了一圈，确定不认识圆脸女生后才纳闷地点头："是啊，可是我们好像不认识哦。"

圆脸女生的眼睛突然就红了，豆大的泪哗哗掉了下来。她瞪了我一眼，用拳头在我肩上轻轻推了推，就跑开了："慕小满，我讨厌你！"

到底怎么了？

我震惊地僵在原地。

直到上课铃响，我都没想明白，我到底做错了什么……我在学校一直默默无闻，优等生，我不是；差生，我也不是。许多老师听到我的名字，都很疑惑竟然有一个叫慕小满的学生……

圆脸女生没理由讨厌我啊！

"丁零零……"

第二次上课铃响了起来。

啊！我一下清醒过来，三步并作两步往教室跑。我又迟到了！

咦？跑到教室门口，我看到数学老师拿着教案站在走廊里，一大堆不认识女生围在教室门口，正一个一个被黑着脸的保安大叔请走。

发生什么了？

我揉了揉眼睛，几乎不敢相信眼前发生的一切。今天从我到学校开始，一切都变得好诡异哦。

我站在原地观望，却一下子引起了数学老师的注意。他瞬间白了脸，小跑到我面前轻声开口说道："小满，现在你先别进去，等她们都走了，你再进教室。"

"啊？"我满头雾水，却只能乖乖听话。

等那些女生全都走了，数学老师对我摆摆手，示意我跟她一起进去："小满，加油哦，老师看好你拿冠军呢！"

我疑惑地跟着老师进教室，全班同学顿时都低声议论起来，还不时对着我指指点点。

讲实话，从小到大我都是低调的乖学生，真没做什么坏事啊！到底发生了什么啊？

"老师……"我清了清嗓子，说，"请问是您指定我当这次数学竞赛的参赛者了吗？"

最近市里举办数学竞赛，我的数学虽然比其他科成绩好一点儿，可是也不至于派我出赛去拿冠军吧？

"你想多了。"数学老师嘴角抽了抽，"你还不知道吗？你被时洛选中成为他的搭档了！"

我无语地瞥了眼叽叽喳喳的同学们，难道只是因为我成了时洛的搭档，所以从早上开始就被女生围堵？

这也太不可思议了！

我迷迷糊糊地上完一节课，忽略掉了上课的时候无数同学给我递过来的询问我是怎么突然成为时洛的搭档的字条。下课铃一响，我便飞快地出了教室，一口气跑到楼道尽头没人会去的卫生器具摆放室。

我真是受不了那些人啦，时洛不也是两只眼睛、一个鼻子、一张嘴吗？除了好看点儿，根本毫无优点！

磨蹭了十分钟，直到上课铃响我才又回到了教室。谁知刚坐下，课桌里就掉出了一堆信封来。

我满脸郁闷地看着其中一封信上硕大的三个字——挑战书。

何必呢！世上帅哥千千万，这么多人喜欢讨厌的时洛做什么呢？

只是我万万没想到，最糟糕的不止这样，第二天正上着课，突然一抹粉嫩的身影以迅雷不及掩耳之势冲到了我的座位旁，也不管英语老师还在上面讲课，拉住我的手就热泪盈眶地叫了起来："师父！我终于逮到你了，哦，不，找到你了！"

我看着女生身后的英语老师，她铁青着脸的时候真的很可怕。我努力挣脱这位同学的手，说："同学，有什么我们下课再讲好吗？"

"不！师父，你收我为徒吧！哎，你是谁……喂，不要拉人家领子……"女生被英语老师单手提了起来，双脚不停挣扎着，"师父，你教教我怎样才能成为时洛的搭档啊……"

随着她被英语老师丢出教室，她的叫声也越来越小："师父，你记得告诉时洛，我是你徒弟啊，他搭档的徒弟啊！"

天啊，我无力抚额。要不是为了那两百万，我绝对不会做时洛的搭档！这些粉丝都太恐怖啦！

放学后，为了避免被时洛的粉丝堵截，我先溜到秦爷爷的传达室，和他借了那顶金色假发和一件他不穿的破旧军大袄，然后提着他收的废旧汽水瓶子，佝偻着背往学校外走去。

哼，我如此完美的乔装，就不信她们还能认得出我！

"请问……"出了学校，我正准备卸下头套，身后就传来一个怯生生的声音，"你是慕小满同学吗？"

不会吧！这样也能认出来？我苦着脸转过身，看着那个瘦弱的小女生，问道："你们到底要怎么样嘛？"

"不是。"女生声音小小的，头也垂到了胸前，"我只是想问问你是怎么成为时洛的搭档的？"

一定要快刀斩乱麻！慕小满，你要发挥你的聪明才智解决所有难关！我深吸口气，说："我和时洛真的不熟，他选我当搭档完全是意外！我想大概是看中我强健的体魄吧，真人秀可是很需要体力的节目呢！"

"原来是这样。"女生突然扬起腼腆的笑容，对着我鞠了一躬，"谢谢你了，慕小满同学，我想我现在有了运动的动力了。"

真是爱得深沉！看着女孩风一吹似乎就会飘走的身影，我肯定地下了结论。不过这个女生是怎么认出我的呢？我的乔装那么完美！

咦……我尴尬地看着肩上的书包带。

好吧，竟然把最重要的书包背在了背上，难怪有人能认出我来。看来从明天起，我要更加认真地乔装才行！

果然，在我注重细节后，接连几天我都乔装成功离开了学校大门，除了上课时间偶尔还是会有几个小粉丝贴在窗户上"扫描"我，其他一切都很完美。

我心情好极了，大摇大摆地从到处寻找我的粉丝眼皮底下走出了校门。今天我乔装的是一个打扫卫生的清洁阿姨，脸上戴着口罩，肩上扛着扫帚，就连手上都提着垃圾桶！简直完美！

"站住！"我走到花丛后，正准备把口罩取下来时，一个清亮的声音在我身后响起。

咦，时洛竟然还有男粉丝？不过这声音听起来有点儿耳熟呢。

我诧异地回头，只见一个头发乱糟糟的、不修边幅却有种慵懒的帅气的男孩子怒气冲冲地瞪着我。

我松了口气，原来是熟人！

牧星，曾经是我的长跑伙伴，和我同一个教练呢。前几个月我在医院时，

心跳
薄荷之夏

通过电视转播看到他拿奖了，国际中学生长跑比赛的冠军！

当时镜头切到教练，他笑得可开心了。

想到那个可爱的小老头，我更加开心了，笑着对牧星摇摇手："牧星，恭喜你啊，你那场比赛我看了，跑得真好！不愧是冠军！"

牧星瞪大眼睛看了我一会儿，突然拔高声音："慕小满，我问你件事！"

"嗯，你问。"我心里嘀咕起来，他在关键时刻突然拦住我，还表现得如此生气，不会是……

"你是不是参加了那个什么青春最上游的真人秀，当时洛的搭档？"牧星手指捏得咔咔响，一副快要爆发的模样。

果然！我下意识地往后退了几步，脑海里不停闪现时洛官方微博下面的留言，什么"时洛，我喜欢你"，什么"时洛宝宝，么么哒"之类的。

我看着牧星修长矫健的身躯，想象出他站在时洛面前说这些话的模样，不由得起了一身鸡皮疙瘩。我说："牧星同学，我的确是时洛的搭档……嗯……如果没事，我先走了！"

"慕小满。"牧星再次拦在我面前，高傲地俯视着我，"既然你要和时洛搭档，那我告诉你，我一定会打败你，堂堂正正拿下这次比赛的冠军！"

听到牧星的话，我松了一口气，原来牧星不是时洛的粉丝，而是竞争对手。也是，一个是人气偶像，一个是体育冠军，在学校里肯定是一山不容二虎，势同水火。

不过这可和我没关系！

我慌忙解释道："其实我和时洛只是单纯的搭档关系，他拿不拿冠军，我都无所谓的！"

没想到牧星听完，竟然气得满脸通红，如同一个快要爆炸的气球。他几乎是对着我嘶吼了："慕小满，你别看不起人！我发誓，我一定会拿到冠军，证明给你，证明给教……他，证明给所有人看！我牧星就算和你比赛，也是当之无愧的冠军！"

说完他烦躁地揉了揉他那鸡窝般的头发，转身大步离开了。

天啊，万万没想到，牧星和时洛竟然水火不容到这个地步，还要证明给时洛看他一定会是冠军！

我心有余悸地拍了拍胸口，刚刚他声音那么大，不会暴露我的坐标吧？

我还是快些离开吧！我快速把口罩和假发脱下来塞到书包里，猫着身往学校外跑。

"啊！在这里，我找到她了！姜柠柠，快过来堵她！"

一声尖叫在我前方响起，我无奈地缩回脚，想要从旁边走，却又发现一大群女生堵在了那里。

好吧，我总算深刻理解了什么叫四面楚歌，而且也明白那时候时洛为什么会愿意以合同为条件让我带他离开学校了。

这些粉丝简直太可怕了！

不过我又不是时洛，只是他的搭档而已，我就不信她们能把我怎么样！想通后，我索性站在原地不动，等她们围过来。

"你是慕小满？"过了会儿，一个长得像洋娃娃般精致、身材姣好、披着栗色长发的女生走到了粉丝群的前面，盛气凌人地向我质问道。

"柠柠，就是她！"旁边一个女生凑到她身边说道。

我挺直脊背，毫不示弱地直视着她的目光，说："行不更名，坐不改姓，我就是慕小满。"

"哦，原来就是你这路人当了时洛的搭档。我仔细看看，你也……"说着姜柠柠的目光闪烁起来，那双美丽的大眼睛里闪过惊讶，"你……你……"

见她结巴起来，我纳闷地瞥了她好几眼，在看见她那粉嫩的薄唇时，顿时觉得有些熟悉，我以前见过她吗？

姜柠柠目光闪了闪，很快又开口了："你长成这样，怎么好意思站在时洛面前？你平时都不照镜子的吗？"

"对啊，你和时洛洛是什么关系，他怎么会选你当搭档？"姜柠柠旁边的女生也纷纷出声，因为激动，声音都有些颤抖了，"你不会是他女朋友吧？"

此言一出，人群立刻爆炸了，所有女生都指着我尖叫道："快说，你到底是不是时洛的女朋友？"

"时洛真的喜欢你吗？"

"你们在一起多久了？"

"呜呜呜，我不相信，我家时宝宝不可能有女朋友的！"

我看着粉丝团不停有人围过来质问，心里紧张起来，几乎听不清她们在问什么，只能听到越来越大的抽泣声和"女朋友"三个字。

天啊，怎么办，好可怕……我的身子微微颤抖起来。我正不知道应该怎么办的时候，一抹修长俊逸的身影从旁边走了过去。

我看着那熟悉的侧脸，激动起来："时洛！"

"哇，洛宝宝！"粉丝团立刻炸了，全追上了那个身影。过了几秒后，她们全部回头，又围住了我："慕小满，你太过分了，这人根本不是时洛，是时澈！你这是在转移话题吗？"

我这才发现原来那是两面怪时澈……

奇怪，刚刚我明明看成了时洛啊，他们长得有点儿像呢。

时澈见我被围在粉丝团中央，眉毛微微皱了皱，走过来对着女生们微笑着说："抱歉，打扰了，各位淑女。教导主任正在找慕小满同学，我再不带她过去，可就要受罚了哦。"

他本就长得阳光清秀，这样说话简直让人无法不答应，粉丝团成员都微微红了脸，说："好吧，为了不让时澈你受罚，只能这样了。喂，慕小满，我们下次再找你！"

说完十几个人竟然礼貌地跟我说再见，然后走了，一点儿也没有刚刚围追堵截我时的疯狂样子。

鹅卵石铺就的青石小路上一下安静下来，我看着一言不发的时澈，心里充满了感激，说道："谢谢你啊，两……时澈同学！要不是你，我都不知道该怎么办了。"

"没关系。"时澈脸上的笑容一下消失了，他冷冷地开口道，"上次我的球砸到你，结果还让你一个人去了医务室，这次就当是赔礼吧，以后我们两不相欠。毕竟你是时洛的搭档，我不想和他的朋友有任何瓜葛，你好自为之吧，再见。"

"你……"我疑惑地看着时澈的背影，他果然不愧是两面怪，这变脸速度真是无人能及。

不过他长得和时洛有些像，而且也姓时，会不会就是时洛那个弟弟呀？可他对时洛这么不友好，甚至还很讨厌他，不像兄弟的样子。他们两人到底是什么关系？

我无奈地耷拉下肩膀。算了，我才不管他们是什么关系呢，只希望以后时洛的粉丝别再来找我麻烦了。

我只想安安静静地赚到两百万啊！

3.

又是一个天气晴朗的美妙周末，睡梦中我都能感到阳光轻柔地照在我的脸上。嗯，刚好还可以再做一个美梦。

"丁零零……"我的手机突然响了起来。

奇怪，我设置的去孤儿院的闹铃是九点呀，现在应该还早，怎么就响了？

我翻了个身，迷茫地拿起手机，看到上面的未知号码在不停闪动。咦，原来不是闹铃，是有人打电话来。

这么早，会是谁呢？

接通后，我把手机凑在耳边，眯着眼哑着声音道："喂？"

"一小时后，学校见。迟到立刻取消合同。"

对方说完，"啪"地挂了电话。

我揉了揉眼睛，一下从床上跳了起来。

那冷漠的声音，时洛！

啊！我怎么忘了今天是真人秀第一期开拍呢！

我套上衣服，洗漱完毕后连早餐都没吃就狂奔出门，还特别奢侈地叫了出租车。万一迟到，时洛肯定会解雇我的！

万幸我提前半小时到了学校。我气喘吁吁地跑到操场，已经有很多工作人员在摆放器材了。时洛坐在观众席上，周围围满了人，有给他递营养品的，有为他化妆的，还有为他理衣角的……

不过即使众星捧月，他也还是那副冷冰冰的样子，甚至脸上还写满了不耐烦，推开了助理递给他的水。

果然是被宠坏的家伙！

我伸了个懒腰，在另一张木椅上坐下。很快有人走到了我面前，我抬头一看，竟然是苏也秋！

我惊喜地说道："也秋，你怎么也在这里？"

"我呀……"苏也秋眨了眨眼睛，脸上漾起一抹红晕，"我是牧星的搭档。小满，你知道吗？我真的成了牧星的搭档，好开心，嘻嘻。"

"原来你是牧星的搭档啊，真好！"我开心地抱住苏也秋，"我们可以一起比赛啦！"

"是呀。"苏也秋笑得眼睛眯成了月牙儿，"小满，你知道怎么拍吗？"

我摇摇头。除了知道这节目是个和公益有关、能帮忙宣传学校的真人秀节目，我就只知道两星期拍摄一次了。

"嘻嘻，我刚刚去问了导演，正好和你分享。"苏也秋拉着我坐下来，"其实拍摄节目的不只是我们学校哦，还有另外两个学校参加。一共是六对搭档参加，然后每个学校二选一去参加决赛。所以决赛之前，三个学校都是单独拍摄啦，等播放时再剪辑成两个小时的节目在NTV播出。"

"哦哦。"我点点头，原来竞争这么大。

"所以在决赛之前，我和小满是对手哦。"苏也秋伸出手，在我面前摆了

心跳薄荷之夏

个大力士的造型，"虽然很喜欢小满，不过比赛时我不会放水的，我要努力帮牧星拿到冠军！"

"当然。"我轻轻敲了敲苏也秋的脑门，乐不可支，"一起加油吧！"

"嗯！"

这时导演对着我们招招手，拿起喇叭喊道："同学们，准备一下，还有几分钟开拍！"

"啊，小满，我要先去找牧星了，节目拍完后我们再一起吃饭吧，我知道一家很好吃的烤肉店！"苏也秋立刻起身，朝牧星所在的方向跑去，还回头送了个飞吻给我。

哈哈，真是可爱极了。

我笑着起身，也准备去找时洛，脚却踩到了一个软软的物体。我纳闷地低头，就看见一个黑色钱包安静地躺在地上。

唉，又有冒失鬼掉了钱包。我蹲下身把钱包捡起来，想要看看里面有没有失主的信息。打开钱包，我看到了一张泛黄的照片，上面是一个笑得十分灿烂的小男孩。

奇怪，我好像在哪里看过这照片呢？

"我的钱包！"突然，时洛一脸愤怒地跑了过来，一把抢走了钱包，仔仔细细把上面的灰尘清理干净后，才小心翼翼地放到口袋里。

我不满地咬住下唇。看看，他这是什么态度！我又不是偷了他的钱包！

"抱歉……"感受到了我的眼神，时洛的脸一下红了起来，有些讪讪地解释道，"我刚刚以为钱包丢了，心里很着急，所以语气很不好。谢谢你替我捡回钱包。"

看来他很珍惜这个钱包，也是，一看就知道是高级货。

我摆了摆手，正想说不用谢，旁边传来了怒吼："说真的，我一点儿也没想到你会胜出！以前我其实无所谓，但是现在我一定要赢！麻烦你不要拖我后腿！"

"不是的，牧星……我……"苏也秋带着鼻音的声音响了起来，"我一定会努力的！我保证绝对不会拖你后腿，你不要不开心好不好？"

"哼，我看你还是回家去看偶像剧吧，别在这里参加比赛了，一点儿小事就哭哭啼啼，女生就是爱哭！"

过分！太过分了！没想到牧星竟然是这样的人！苏也秋抱着为他拿冠军的决心努力，他却为了拿冠军而轻易否定她。太自私了，我一定要教训教训他，让他知道女生不只会哭，还会挥拳头！

"别去。"我才抬起脚，时洛就拉住了我，当然，他只是高冷地拉住了我的衣袖。

我看着他，不解地道："为什么，你没看到他在欺负人吗？"

"牧星是长跑冠军，你要是……"时洛还没说完就停了下来，嘴巴张合了几次才又冷声说道，"你现在是我的搭档，而牧星是我的对手，你现在过去找他麻烦，别人会怎么想？"

我没忍住，一把甩开他的手，脸也冷了下来，原来他是担心我给他惹麻烦。我冷冷地说："我原本以为你只是自恋、自大、脾气坏，没想到你竟然还是这种人，和牧星一样自私！"

时洛眼眸里闪过一丝难受，过了会儿才冷漠地再次拉住我，往远离牧星的方向走去："你别忘了，你是为了钱才参加这次真人秀的，而我是你老板，你要是不听话，我随时可以撕毁合约。"

提到钱，我的气焰一下就灭了，只能像小尾巴似的跟在时洛身后。算了，谁让孤儿院的命运都系在这个自私、自大、自恋的讨厌鬼身上呢。

我忍！我忍！我忍忍忍！

为了避免自己太伤心，我尽量躲到离牧星和苏也秋比较远的地方，直到拍摄开始。

摄影师朝导演比了一个"OK"的手势，导演把地图和任务卡交给了我和时洛。原来第一期挑战是要根据地图找出和月见学院有关的向日葵奖杯，谁先找到谁赢。

而用红圈圈起来的三个地方，有关于找到奖杯的重要线索。当然想拿到这些线索不容易，要成功完成这个地方的挑战才行。

看起来挺好玩的！而且我找线索可厉害了，以前在孤儿院玩躲猫猫游戏，我总是能很快找到所有藏起来的小伙伴。我斗志昂扬地看向时洛，说："我们先去哪个地方？"

时洛面无表情地打了个哈欠，回答："随便。"

我跳脚道："这个选地点很重要，我们要分析下喷水池、实验室、花园这三个地方哪个地方的挑战好完成啊！你看，喷水池肯定和水有关了，我不会游泳，当然你会那就不是问题。实验室应该是做实验，我化学很差的……你不常在学校读书，应该也不行！我们还是不要去轻易挑战，爆炸了可就不好了。花园里都是些花花草草，面积大，可能要耗费很多时间去找什么不知名的小花小草，但难度系数相对较低。你觉得呢？"

时洛理都没理我，慵懒地往前慢慢走："你说花园就花园。"

"哈哈，聪明，我的速度很快，一定可以先在花园找到线索的。"我小跑着跟上去，羡慕地看向时洛的大长腿。腿长就是好呀，走一步顶别人两步！

"虽然说这个有炫耀的意味，但我觉得还是有必要和你说一下。"走到花园入口时，时洛意味不明地瞥了我一眼，"你不看每月的考试红榜？"

我不自然地咳了咳，考试红榜每月都会更新月考名次，我连前一百都排不上，肯定不会去看只排前五十的红榜呀。

见我红了脸，时洛毫不意外地点头说道："哦，所以你没看到每月红榜第一名是我？"

"什么？"我震惊地看着时洛。天啊，这意思是他不仅有着完美的外貌和身高，还有着聪明的大脑？

果然，上帝给你开了一扇窗，门自然也就能打开了……

我嘟囔着跟着时洛走进花园。

笑容可掬的园丁从花圃里走了出来，说道："欢迎来到月见学院美丽的花园。在这里，不仅春夏有百花盛放，秋季还有硕果累累的果树，当然，冬天我们也有一树白雪红梅呢。"

我顿觉眼前飞过一群乌鸦，虽然这节目是要宣传学校，可是这台词会不会太生硬了点儿！

"好了，既然来到了月见花园，那么两位准备好接受我们的挑战了吗？"

"准备好了！"我中气十足地回答。可是等了许久，时洛都没有发声，我疑惑地看了他一眼，发现他竟然神情放空，俨然一副神游太虚的模样。喂，你是来参加挑战的啊！我悄悄拉了拉时洛。

他皱眉看向我："怎么了？"

"接挑战书啊！"我炸毛了。时洛似乎一点儿也意识不到时间在流逝，从接任务到现在，我们已经花费了一个多小时，再这样下去，我怀疑到了天黑，我们也拿不到第一条线索！

"哦。"他不耐烦地走过去接过挑战书，只看了几眼就塞到了我手里，"走吧，找一朵五色小花。"

我慌忙打开挑战书，快速浏览了一遍。这关挑战考验的是毅力和眼力。在五个足球场那么大的花园里，找一朵集齐了淡粉、淡黄、淡绿、淡青、淡白的五色小花。

我郁闷极了，先不说花园那么大，就说现在是春季，满园都是繁花，找一朵小花岂不是要找到天荒地老？

果然我和时洛找了整整两个小时，一直到午饭时分，都没有找到。

突然，优美的上课铃声响了起来，在月见学院上空萦绕了许久。

我诧异地回头看向这组的导演，问："导演，发生什么了？周末不上课呀。"

导演笑着挥了挥台本，说："今天可以提早收工了，这个铃声证明牧星那组已经找到向日葵奖杯了。这种挑战果然是体育冠军比较有优势。下次时洛你们可要加油哟。"

就收工了？没想到如此轻松就能拿到第一期的报酬！

我的心情雀跃起来，本来以为这周没时间去孤儿院送零食了呢，现在看来下午可以去！

不对！我赶紧捂住嘴，现在时洛是我老板，他输了比赛，我一定不能表现出太开心的样子！

"想笑就笑，不用憋着。"时洛淡淡地看了我一眼，"我不是时扒皮。"

看他变得那么善解人意，我反倒有些愧疚起来："对不起哦，本来想帮你拿到冠军的，可是我眼神不太好，怎么也发现不了那朵花。你一定……"

剩下的话卡在喉咙里，我愣在原地，呆呆看着阳光下的时洛。他今天穿了一身米白色的运动装，亚麻色头发乖巧地搭在前额，配上他微微上扬的嘴角，真的像极了掉落人间的天使。

原来他笑起来那么好看！比百花盛放还要让人移不开眼。

见我直直盯着他，他很快又恢复了冰山脸，不自在地道："那花在玫瑰园左边的木栅栏那里。"

咦？那是我们第一个去的地方呀。不对！时洛明明发现花了，为什么不说出来？

"你看见了为什么不说出来？也许我们可以先找到奖杯呢。"

时洛不言语了，过了许久才轻轻开口："也许我输了，就可以不当……"

不当什么，时洛没有说完，可是从他那明显失落的脸上，我看得出他很悲伤。那么多人喜欢着的时洛，他会因为什么而悲伤呢？

和导演组集合，把大合照拍完，我背着书包准备离开。苏也秋发了个地址给我，邀请我去吃烤肉。我盘算着，和她吃完烤肉后，正好能赶上去孤儿院的地铁。完美！

"等一下！"我还没走几步，牧星突然一脸得意地跑到我面前，说，"慕小满，我赢了！"

虽然他之前很过分地对待苏也秋，可他赢了比赛是另一回事，我不能混为一谈，即使他可能是来向我炫耀的。

我看着他，真诚地祝贺："恭喜你，那么快就找到了奖杯，很厉害！"

牧星暴躁地把他那头柔顺的头发再次揉成了鸡窝头，说道："慕小满，你什么意思？"

我眨了眨眼睛，又把用词修改了一下："恭喜你，拿下了第一次挑战的冠军。"

牧星的脸瞬间涨得通红，整个人都跳了起来："慕小满，你等着！我还会继续赢的！"

说完不等我回话，牧星就气冲冲地走开了。

我吐了吐舌头，怎么感觉牧星这个人怪怪的？他想赢应该对着时洛说呀，难道他误会我和时洛关系好，会转告吗？

嗯……我抖了抖身子，快步往烤肉店走去。我和时洛关系才不会好呢，他那样讨厌的人，不管是以前、现在，还是将来，我都和他没关系！

第三章

奶 油 过 敏 的 陷 阱

1.

烤肉店里，我刚推门进去，就看见苏也秋在靠窗的位子对着我用力挥手：
"小满，这里！"

我欢快地跑过去，看到桌上已经摆满了菜。

"抱歉啊，我们那组后面要拍合照，所以来晚了。"我连忙道歉。

"没事。"苏也秋把菜单递给我，不好意思地吐着舌头说道，"小满，你
喜欢吃什么就点，今天我请客，不可以拒绝哦，今天帮牧星找到奖杯，我好开
心。"

我指着菜，失笑道："你点的菜我都很喜欢，不用再点了。那我们说好
哦，这次你请客，下次我请你不能推辞的！"

"那当然！"苏也秋笑嘻嘻地把烤好的肉全夹到我盘子里，"下次我一定
把你吃破产！别看我个子小小的，但吃东西可厉害了。"

"哈哈，好的。"和苏也秋在一起的时光总是特别愉快，我不由得笑弯了
眼睛，连食欲都好了许多。

"小满，一会儿我们吃完去逛街吧！听说最近打折呢！"苏也秋被烤排骨
烫到了嘴角，她一边慌乱地拿起果汁灌下去，一边不忘和我说话。

我本想愉快地答应，突然想到我还要去孤儿院找院长，只能抱歉地拒绝：

"我下午要去孤儿院看望院长阿姨和小朋友，不好意思哦。"

"没事呀，街随时可以逛。"苏也秋大笑着眨了眨眼睛，"小满，你去孤儿院是做义工吗？"

"也不算义工吧，那里是我的家。"见苏也秋不解地看着我，我撑着下巴微笑道，"我小时候被丢在了孤儿院门口，是院长阿姨把我养大的。虽然后来因为教练看中我的长跑特长，把我特招进了月见学院，我因此从孤儿院搬了出来。但是在我心里，那里永远是我的家！"

"哇，小满。"苏也秋呆呆地看着我，突然绽放出灿烂的笑容，"你好厉害，竟然可以一个人独自生活，像我肯定做不到的！"

虽然我已经能很坦然地面对我孤儿的身份，可是在夜深人静的时候，我还是会想爸爸妈妈为什么会不小心把我丢下呢？所以每当别人知道我是孤儿时脱口说出的一句"对不起"，还是会让我心里有些难过。

可是没想到苏也秋竟然用如此别致的说法来安慰我！我的眼睛顿时有些酸涩，讷讷道："谢谢你啊，也秋。"

"这有什么呀，我们可是好朋友！"苏也秋对着我眨眨眼，"小满你也带着我去吧？我想看看能教育出小满这样温暖的人的孤儿院！"

"来电话啦来电话啦，宝贝快接电话啦。"苏也秋话音刚落，她的手机就响起了慈爱的女声。

苏也秋接通电话，对着我撇了撇嘴："是我奶奶，估计是喊我陪她去跳广场舞……每周末他们一大帮老头老太太都要去广场跳舞……喂，奶奶啊，人家不想去，对啊，今天参加比赛可辛苦了……什么？你做了杧果可可冰等我！好吧……那我一会儿吃完就回来。"

挂掉电话后，苏也秋屈着食指和中指，对着我敲了敲："对不起啊，小满，我奶奶给我做了我最爱吃的杧果可可冰，要是晚回家，我表姐肯定会吃光的，我下次再陪你去孤儿院行吗？"

"没事呀，以后机会多着呢。快吃吧！"我忍俊不禁地把烤好的牛肉夹到苏也秋盘里。没想到苏也秋还是个吃货呀，真可爱！

"嗯！"苏也秋夹起牛肉塞进嘴里。

和苏也秋吃完饭，我坐车到了孤儿院，像龙卷风一般冲到院长阿姨办公室，都来不及喘气，直接拍了拍办公室的门。

"请进。"隔着薄薄的门板，院长阿姨的声音沧桑又疲惫。

我忍不住眼圈一红，她肯定是为了孤儿院的事情烦恼，我一定要快点儿把好消息告诉她，让她开心起来。

我推开门，院长正伏案写着什么，见是我，她勉强笑了起来："满满，来了啊。"

"阿姨。"我揉了揉眼睛，走过去轻轻抱住她，"别难过了，我能赚到两百万！孤儿院不会关闭啦！"

"什么？"院长阿姨听完不但没有高兴，反而震惊得跳起来，满脸都是惊慌，"满满，阿姨不知道你从哪里知道了这个消息，不过阿姨告诉你，再缺钱，咱们也不能做犯法的事情，更不能走歪门邪道！"

"我知道。"我笑着把头埋在院长阿姨肩头，"阿姨您放心，这钱真是我赚的。"

"不可能，你一个小孩儿去哪里赚那么多钱？乖，告诉阿姨，是不是有人骗你做不好的事情？"

我摇摇头，拿出手机点开时洛的照片，有些别扭地说道："阿姨你见过他吧，这可是时下最有人气的明星，正好他要参加一档校园真人秀挑战节目，就邀请我这个大力士当他的搭档了，报酬是两百万。"

院长阿姨拿过手机仔仔细细看了起来，还点开他的资料认真看了一遍，看了半小时，她脸上才露出了欣慰的笑容："这就好，这就好。"

不过刚说完她的脸色又凝重起来，不安地拉着我说道："满满，参加节目报酬那么高，是不是会很危险？而且大明星，会不会很不好相处？"

没错！时洛是个坏脾气的家伙，根本就是一座融不化的冰山！我在心里吐槽，但是为了让阿姨宽心，只好违心夸赞起时洛："没有呀，这节目很容易，就是宣传下学校之类的，完全不危险。还有时洛，也是特别……好的人！对待人很温暖（才怪！），相处起来很舒服呢（并不！）。"

听我说完，院长阿姨总算放心了，覆在脸上的阴霾终于一扫而空。

"满满，阿姨真不知道该怎么感谢你。你知道的，孤儿院就是我的命，要是关了，我真不知道如何是好。"

"别客气，阿姨，这里也是我的家啊，我……"

"咚咚咚……"

我的话还没说完，门外突然传来了一阵慌乱的脚步声。

下一瞬，门就被推开，清洁阿姨满脸焦急地看着院长阿姨："不好啦，院长！晴晴从桃子树上摔下来了，脑袋那里摔得特别严重！"

"什么！"院长阿姨身子晃了晃，赶紧拿起电话拨了出去，"满满，你先去看看晴晴，我给医院打了电话就来！"

"嗯！"我听得心突突跳，飞快地往院子里跑。那棵桃树有两层楼那么高，晴晴从上面摔下来……

天啊！

等我跑到院子时，小朋友们已经哭成了一团，把晴晴围在了中央，我慌忙把他们疏散开，一眼看见晴晴小小的身子蜷缩在地上，她头下方的泥地有血迹，怀里却紧紧抓着一个青色的桃子不放。

我跺了跺脚，不由得又急又气，她都摔成这样了还贪嘴……

我扑倒在她旁边轻轻喊了喊："晴晴，能听到姐姐说话吗？听到就眨眨眼睛。"

大约过了几秒，晴晴的眼皮微微动了动，像个摔坏的洋娃娃般。

我的眼泪一下就掉了下来："晴晴别怕，救护车马上就到了，你一定不要睡着好吗？姐姐给你讲《西游记》的故事，讲你最喜欢的齐天大圣……"

晴晴的眼皮又动了动。

我掐住手心，把哭腔憋回去，颤抖着在她耳边说起了孙悟空大闹天宫的故事，在讲到孙悟空打到南天门时，院门外传来了救护车的鸣笛声。

半小时后，救护车到了医院。在晴晴被推进手术室时，护士走过来把一张单据递给院长："麻烦您先交钱，我们才能做手术。"

"好。"院长阿姨接过单据，在看清金额时脸色一白，"我没有那么多现金，护士小姐，可不可以……"

"不行。"护士听到没钱，连连摆手道，"这种手术一定要先付钱才行。我们这里可以刷卡。"

"我们不是不付钱，但是孩子情况危急，你们能不能先手术？"院长阿姨急得额头不停冒汗，"我保证马上去借钱，一借到马上付款！"

"那没办法了。"护士叹了口气，"只能钱到位再手术了。"

怎么可以这样！这不是救死扶伤的医院吗？我在一旁听得生气，想起卡里还有上个月打工的工资，便问院长阿姨："阿姨，我这里还有一千块，加上够吗？"

院长阿姨摇摇头，把单据递给我："我的积蓄全补孤儿院缺口了，现在手里只有两千多元，手术要一万五……满满，你在这里等着，我去给认识的人打电话，看看能不能……"说着院长阿姨哽咽起来，捧着脸不再言语。

我鼻头一酸，为了孤儿院，院长阿姨肯定已经跟那些人借过钱了，结果当然是没人愿意借……

我咬咬牙，拿出手机翻出电话簿，想要找找有没有谁能借钱，可是翻了一圈只有四个人的号码的联系簿，我绝望起来。

我只有院长阿姨、长跑教练、便利店经理和苏也秋的电话。自从我的跟腱断裂以后，我再也没联系过教练，他曾经对我寄予厚望，我却只能让他失望……

便利店经理只有工作关系，肯定不会愿意借钱给我一个孤女。

而也秋，她自己都还是学生，哪来的一万二千元借给我呢？

怎么办？怎么办……

我咬住下唇，眼泪大滴大滴砸在手上。要是没有钱，晴晴怎么办？

我的手不小心动了下，屏幕一下滑到通话记录上，排在第一的未知号码是谁？啊！我的眼睛瞬间亮了起来，时洛！

虽然他和也秋一样只是学生，可他是明星，肯定能拿出这笔钱。只是，他会借我吗？院长阿姨那些多年的朋友都不愿意借钱给她，何况我和时洛，只是单纯的搭档关系……

不行！为了晴晴，我一定要试试！

我握紧手机，颤抖着给时洛发了条信息：时洛，你好，我是慕小满。孤儿院里有个小朋友摔伤了，需要大笔手术费，儿童附属医院说必须先交钱后手术，可我们现在拿不出这么多钱，如果可以，你能不能借一万二千元给我？我给你写借条！保证一定会按时还钱！拜托你了！

信息发出去后，我紧紧盯着屏幕，唯恐错过时洛的回复。时间一秒一秒过去，我的手机却安静如初，没有一点儿反应。

他没回……我无助地抱着双膝滑坐在地，呆呆地看着手术室，旁边院长阿姨还在一个电话一个电话地打，但是看她的脸色，就可以预料到电话那端的结果了。

晴晴，姐姐对不起你……我终于承受不住，把头埋在双膝间，眼泪几乎把裤子都打湿了。

"单据呢？"突然，我的头顶传来熟悉的声音。

我不敢相信地抬起头，就见时洛气喘吁吁地看着我，满脸都是汗水。

见我呆呆地不说话，他急了起来："我问你交费单据呢？"

"啊？哦！"我慌忙起身，把捏得皱皱巴巴的单据递给他，"一共要一万五千元，我和院长阿姨有三千元，我去……"

我的话还没说完，时洛就拿着单据走了。我愣愣地站在原地，心咚咚跳了起来，总觉得眼前发生的一切不真实。

时洛他来了？

时洛他真的来了！

不多会儿，时洛又拿着单据和一大堆票据回来了，对着护士点头道："钱已经交了，快手术吧！"

护士难以置信地看着时洛："你……你是时洛吗？"

"别管我是谁！"时洛突然怒了，"快点儿做手术！"

"哦哦……"护士讪讪地走开，边走边嘀咕道，"果然八卦说得没错，脾气真差。"

直到手术室的红灯亮起，我才如梦初醒般走到时洛面前，低声开口："谢谢你，钱我一定会还你的，只是也许会晚一些。我马上给你写欠条！"

"钱无所谓。"时洛脸上闪过一丝不自然，"以后如果还有这种事，你可以早点儿找我。"

我不敢相信这句话竟然是从时洛嘴里说出来的。

时洛看了我一会儿，突然别过头看着窗外，说："慕小满，哭起来真难看，快把眼泪擦干净！"

我对着时洛的侧影吐了吐舌头，用衣袖擦干脸上的泪痕。

其实这家伙也没那么讨厌嘛。

嗯，也许粉丝词条上说得很正确。如果世上真的有天使，那大概就是时洛这般模样！

2.

晴晴的手术很顺利，因为手术及时，她昏迷一天后就醒了。

除了头上包了纱布，其他看不出来一点儿问题。她告诉我，她之所以要去摘桃子，是想用桃子卖钱帮孤儿院渡过难关。

"别担心。"我摸了摸晴晴的头，微笑着眨眨眼，"已经有天使替我们守护住了孤儿院哦。"

"天使！"晴晴激动起来，小脸蛋红扑扑的，"是我那天醒来看到的天使大哥哥吗？长得很好看的大哥哥！"

我一想起那天晴晴刚醒来就要时洛抱，时洛红着脸抱她的场景就乐不可支，原来他对小女生完全没有办法嘛。

"对呀，就是他。"

"那姐姐，我们要怎么感谢天使哥哥呢？"晴晴摸了摸小脑袋，黑豆似的眼睛滴溜溜转，"我摘一篮桃子送他可以吗？"

"我的小宝贝，不许再爬树了！"我吓得赶紧在晴晴脸上亲了一口，"礼物姐姐已经准备好了，不用你送啦。"

"真的吗？"晴晴佯装严肃地点点头，一副小大人的语气。

当然是假的！我默默吐槽，却觉得晴晴说得很对。虽然两百万是真人秀的报酬，但还是时洛给了我机会呀，而且晴晴的医药费，他也没规定我什么时候还，只说能还的时候再还。

看来我真要好好感谢一下时洛。

只是，我要怎么感谢他呢？

为了怎么感谢时洛的事，我想了一整天也没有想到办法。正好第二天中午下课，苏也秋约我一起吃午饭，我便和她说了这件事。

没想到她立刻激动起来，把饭盒一推，说道："很好办呀，这周五就是时洛的生日，你在他生日那天送礼物给他，既感谢他帮你，又能祝福他生日快乐，一举两得！"

"对哦。"我也激动起来，迅速扒了两口饭，收拾好饭盒就打开手机搜索起礼物来。男生喜欢的东西应该是手表、跑鞋之类的吧？

"这个好看！"苏也秋指着款新上市的跑鞋说，"我见牧星穿过，可好看啦！"

"是吗？"我仔细看着那双大红色跑鞋，确实挺好看，可我莫名觉得时洛应该不会喜欢，而且它的价格也贵到让我有点儿唏嘘，"我还是再想想吧，一定要送一份别致到能盛满我心意的礼物！"

只是到底什么东西才是别致的呢？

清醒时，我在想这个问题；睡梦中，我也在想这个问题。这样持续了一天，我脑子都快爆炸了还没想到答案。

"完啦，今天都周二了，周五就是时洛的生日。"我窝在我那温馨的小飘窗上，看着满天繁星发呆。

要是我有翅膀，能把天上的星星摘下来送给时洛就好了。可是星星的表面是尘埃和宇宙碎片，那岂不是和石头差不多？

想象着时洛收到"石头"礼物时的模样，我忍不住微笑起来，他肯定会冷漠地说："慕小满，你脑子是不是打了除皱针，大脑皮层都变平了，正常人会送石头当礼物吗？"

咦！石头？木头！对呀，我虽然手不太灵巧，但唯独在削木头方面有着异常的天赋，尤其是小木马！当初院长阿姨教会我后，还说我青出于蓝而胜于蓝呢！

我从飘窗上蹦下来，从床底拉出一个盒子，里面装满了我精心收集的木头，都是隔壁木工叔叔每次雕完剩下的尾料。虽然对于高级木雕来说，它们已经是废料了，但是对于削小玩意，它们是最好的材料！我要选个最棒的来削一个礼物送给时洛！

灰木？嗯，不太喜庆！

黑木？时洛已经是个黑面神了，要是再送个黑色小木马，那岂不是黑上加黑？

白木？好像不错，配上时洛天使般的面容，完美！

我看着白木，脑海里已经勾勒出了小白马的模样。这时，我的眼睛突然瞥到一抹枣红色。咦，我好像没有收藏枣红色的木头呀？

我放下白木，把"枣红色"从木头堆里翻出来，原来不是完好的木头，而是匹有些年头的小木马。

我细细摩挲着枣红小木马，以前的记忆一下涌了上来。

"芒芒，这是院长阿姨刚刚教我削的小木马，你是我的好朋友，我要送给你！你一只，我一只！"小小的我拿着匹不算精致的木马跑到洋娃娃般精致的芒芒面前，她的嘴唇粉嫩嫩的，特别像草莓果冻。

"谢谢小满。"芒芒惊喜地接过小木马，在院子里快乐地转着圈圈，"我有玩具了！小满削的小木马哦。"

"嘻嘻。"看着芒芒开心的模样，我也高兴极了，她是我在幼儿园遇到的第一个同龄女孩，所以和她玩得特别好。

想起小时候的好朋友，我握着枣红小木马，不由得有些伤感。芒芒在孤儿院只待了一年，有对好心的夫妇收养了她，从那以后我们就没了联系，不知道她现在还好吗？

咦！既然如此，我不如削一匹枣红小木马给时洛吧！

打定主意后，我赶紧拿上钱包，一溜烟往外跑。送给朋友的礼物，我就不用尾料了。隔壁的木工叔叔应该还没关门，我可以跟他去买一块枣红色木头，赶在周五之前把小木马削出来！

"咔咔咔……"

安静的天台上飘满了削木头的声响，苏也秋吃得双颊鼓鼓地拍了拍我："小满，吃了饭再削吧！要上课了，你不能饿肚子呀。"

我轻轻吹走马头上的木屑，微笑着摇头："我不饿，而且今天已经周五了，一会儿放学我必须把木马送给时洛了。"

"小满你手真巧，小木马可真好看，时洛一定会喜欢的！"苏也秋撑着下巴晃了晃头，突然起身用勺子舀了一勺饭递到我嘴边，"不过饭肯定要吃的呀，得了胃病就不好了。你安心削吧，我喂你吃！"

我愣住了，鼻头顿时酸了起来。我从孤儿院搬出来后，为了打工攒房租和生活费，经常会饿肚子，从来没有人这么关心我。

"也秋，谢谢你。"

"傻瓜，我们是好朋友嘛。"苏也秋佯装不满地捏了捏我的脸，"以后再和我说谢谢，我就……我就把你喂成大胖子！"

"遵命！"

等到上课铃响，枣红小木马终于削好了。我把它包在手帕里细细擦拭着，还在它的头顶凿了个圆孔，用红丝线串了起来。这个大小，正好可以当挂件挂在书包上。

我看着精致的小木马，心里莫名开心起来，时洛他……应该会喜欢吧？

好不容易熬到放学，几乎是老师刚踏出教室门，我就背着书包飞快地跑了出去。平时时洛为了躲粉丝，都是神龙见首不见尾，我想要找到他，只能在校门口守株待兔了！

我跑到校门口，本想找一个视野好的地方，却发现不时有女生对我指指点点。我头皮一麻，这才想起我也是时洛粉丝团围堵的目标之一！

我缩着肩膀，垂着头往停在校门口的黑色轿车走去。轿车体积够庞大，而且还能看清校门口，是个挺好的隐藏地点。

时间一秒一秒过去，半个小时后，我还没等到时洛，反而一个让我害怕的身影渐渐向我走来。

是时洛粉丝团头号可怕粉丝，姜柠柠！

"你在我家车后面做什么？"果不其然，姜柠柠一看到我，眼神里就满是鄙夷和讨厌，"怎么，没见过豪车吗？"

原来这是姜柠柠家来接她放学的车，可她说话怎么那么奇怪？我眉头微微皱了皱。

我知道月见学院的学生除了我都非富即贵，但我就算穷，也是穷得有骨气的慕小满，从来不羡慕什么豪车、别墅之类的！

"姜柠柠同学，不管你出于什么理由……"

"你拿着这个做什么？"我还没说完，姜柠柠便有些惊慌地指着我手中的小木马尖叫起来。

"啊？哦，你别怕。"我担心她是怕马，慌忙把木马放到了书包里，"这是我要送给时洛的小木马，是木头做的，不用害怕。"

闻言，姜柠柠冷静下来。她看了我一会儿，突然上前热情地挽住我的手："这是你送给时洛的生物礼物吗？"

我被她突如其来的热情吓了一跳，只好僵硬地点了点头。

"那糟了。"姜柠柠担忧地晃了晃我的手，"今天时洛没来学校呢，你等不到他了。"

"啊？可是我今天一定要送给他呀。"我不安地抓住书包带，心情瞬间低落下来。

"你也不用难过。"姜柠柠拉着我的手，打开车门示意我坐上去，"今天晚粉丝团会在我家给时洛举办小型庆生会，这个是和时洛的经纪公司商讨后决定的，时洛也会来哦。不如你和我一起回家等时洛吧，还能给他庆生呢！"

我咬了咬下唇。我并不想和时洛的粉丝团有什么牵扯，不过……要是想及时把小木马送给时洛，好像也只能听姜柠柠的了……

"那麻烦姜同学了。"

3.

姜柠柠家住在市里有名的富豪区，我下车看到自带花园游泳池的别墅，这才明白为什么庆生会会在她家举办。

进了别墅，姜柠柠热情地带着我去了一个房间。我一进去，发现竟然是个衣帽间，挂满了好看精致的公主裙，还有一些亮闪闪的首饰。

"小满，你肤色是健康的小麦色，穿这条宝蓝色裙子很搭呢！"姜柠柠取下一条裙子在我身上比了比，说，"你身材和我差不多，应该很合适，你快去换吧。"

"不不不。"我往后退了几步，脸微微烫了起来，"我穿我自己的衣服就好，谢谢你的好意。"

"哎呀，你不要客气嘛，而且时洛的庆生会比较正式，穿学生装不合适的哦。"姜柠柠直接把我推进换衣间，"一会儿我让人再给你化个淡妆，毕竟是正式宴会呀。"

原来是正式场合……我苦着脸把裙子换上，全身都很不对劲。可是想到姜柠柠如此热心地帮我，我只好咬牙出了换衣间："谢谢你啊，姜柠柠。"

"不客气，真好看。"姜柠柠笑靥如花地把一串珍珠项链戴在我脖颈上，"一会儿你化好妆在休息室等一下，庆生会开始，管家会来喊你，你就可以把礼物送给时洛啦。"

我看着姜柠柠的笑脸，眼前突然闪过芒芒模糊的脸，我一下脱口而出："姜柠柠，你长得很像我之前的一个好朋友！"

姜柠柠愣了愣，嘴角突然扬起微小的弧度："你肯定认错啦，我没有孤儿院的朋友。我先走啦，庆生会还有点儿事情要处理，你先等一下哦。"

"嗯。"我尴尬地合上嘴，差点儿没把舌头咬断。是啊，姜柠柠这样的公主，怎么可能是孤儿院里拿到一个木马就开心得不得了的芒芒呢？

在休息室里等了半小时，管家总算拿着个礼盒进来了。他笑着说："慕小姐，你可以出去了。这是小姐的礼物，麻烦你也一道送给时洛少爷吧。"

姜柠柠为什么不自己送礼物呢？我有些纳闷，不过也不好拒绝，只能把礼盒接过来："好的。"

庆生会的地点在后花园，布置得十分盛大，还有专人在角落里拍照。我一走进去，就有时洛的粉丝围了过来。

她们鄙夷地指着我："天啊，姜柠柠说她来了我还不信呢！"

"对呀，而且还穿得那么好，戴着珍珠项链，你想做什么啊？吸引洛宝宝的目光吗？"

"肯定是想吸引时洛呀，不然她一个孤儿院的贫困生，怎么舍得下血本包装自己？"

听到这些不友善的话，我的眼睛泛酸，但为了不惹麻烦，我还是垂着头往前跑开了，没想到却迎面撞上一个人。

"你怎么在这里？"熟悉的声音传来，我惊喜地抬头，果然，时洛正面无表情地看着我。

我正想把礼物送给他，却被旁边一个戴着墨镜的中年大叔一把推开："抱歉，要送礼物环节才能送。"

好吧……我吐了吐舌头，默默退到旁边，心里迫切希望时间过快点儿。

等到我都快睡着时，送礼物环节终于到了，我立刻振奋起来，聚精会神地看着时洛收礼物。

第一份：黄金话筒。

第二份：钻石手表。

第三份：一把豪车的车钥匙。

第四份：以时洛名字命名的小行星认证书。

……

看着礼物一份比一份名贵，我不安地握紧小木马，不就过个生日吗……为什么会这么夸张！

轮到我时，我先把姜柠柠的礼盒递过去，还没来得及说这是姜柠柠的礼物，时洛打开盒子看了一眼便飞快地扔了出去。

发生什么了？

我震惊极了，难以置信地看着身子微微发抖的时洛。

这时人群惊呼起来："天啊，是蛋糕！有人给时洛送奶油蛋糕！"

"好过分哦，是黑粉吗？时洛重度奶油过敏啊！"

时洛重度奶油过敏？

我尴尬极了，结结巴巴地道："对不起，我不知道……这不是我……"说着，我慌忙把小木马拿出来，"时洛……"

"你想做什么！"我正想把木马递给时洛，之前的墨镜男快步上前重重推了我一把。我被推得踉跄了几步，往后倒在了游泳池里。

瞬间，铺天盖地的水涌了过来，我慌乱地扑腾着，却怎么也摸不到池边。

我恐慌起来，天啊！我不会游泳啊！

"救救……"我想要呼救，却只感到水拼命往嘴里灌，特别难受，我眼前渐渐模糊起来，意识也逐渐抽离。

"扑通……"迷糊中，我隐约听到了巨大的水声，接着有双手拉着我往上浮。不多会儿，我感到有个柔软温暖的物体贴到了我的唇上。

是什么呢？我迷迷糊糊地想着，最后陷入了无边的黑暗中。

不知道过了多久，我的意识终于慢慢清醒。

我睁开眼睛，映入眼帘的是张精致的侧脸。时洛靠在墙边，低着头不知在看什么。

他在守着我吗？

我傻傻地看着他，眼睛酸涩得几乎立刻落下泪来，一种被人守护的感觉油然而生。

之前在孤儿院，虽然院长阿姨很疼我，可孤儿院里那么多小朋友，她一个人又怎么照顾得过来呢？

我撑着身子起身，眼睛眨也不眨地看着时洛。他长得真好看，就连侧脸都如雕刻般完美。我不由得看呆了，脑中莫名响起时洛之前说过的话："我是说，我那么完美，你千万不要在和我近距离接触时爱上我，这样我会很困扰的！"

他果然很完美。

"咚咚咚……"

心一下猛烈跳了起来，我慌张地捂住胸口，我怎么了？

"醒了？"时洛突然偏过头，抬起手来对着我晃了晃，"这是什么？"

"啊？"我眯着眼睛，过了会儿才看清时洛手中握着的竟然是我削的小木马，"对不起。小木马本来是送给你的生日礼物，可我好像把你的庆生会搞砸了……对不起……"

"谢谢。"时洛握紧小木马，脸上扬起灿烂的笑容，"它很像我爸爸送我的那只小木马。可惜那只在我搬家时被弄丢了，我找了很久也找不到。"

时洛又笑了！而且笑得比第一次还好看！我的心又不听话地狂跳了起来。我咳了咳，说："你喜欢就好。"

"我很喜欢。"时洛突然伸手在我头上拍了拍，"我还有通告要走了，你再休息一会儿就自己回家吧，医生说你没什么问题，就是惊吓过度。"

从头顶传来的温暖仿佛夏日阳光般，瞬间让我全身暖洋洋的。直到时洛的背影消失在视线里，我才傻笑着拉过棉被盖住脸。

其实，时洛有时候也很温柔。

想着时洛的脸，我又渐渐睡了过去，再次醒来天已经快黑了。

我神清气爽地起床，稍微整理了一下就轻快地出了医院。

医院离家里不远，为了省钱，我决定步行回家，顺便想一下姜柠柠礼盒的事。她是时洛的骨灰级粉丝，应该不会不知道时洛有重度奶油过敏。可她也没必要陷害我啊？难道是为了让时洛讨厌我？

我撇撇嘴，就算没有奶油蛋糕，时洛也挺讨厌我的呀，还警告我不准喜欢他呢。

"慕小满来啦！"

突然，街对面响起了一声尖叫。

我回过神来，就看见一大堆人疯狂地向我跑来。我茫然地看着他们，发生什么了？

"请问你现在是什么心情？"一个卷发女人把话筒直接戳到我脸上，"被万千少女的偶像亲吻，感觉如何？"

"我不知道你在说什么。"我摇摇头，一脸的不解。

"小妹妹，别抵赖了，照片都已经出来了。"旁边的男人皮笑肉不笑地把一张报纸递给我。

我一看，头版赫然就是昨天时洛给我做人工呼吸的照片！原来是时洛救了我，那个柔软温暖的物体是他的……嘴唇！

"哟，还脸红了。"男人嗤笑一声，"一个孤苦无依的孤儿院女孩抱上时洛的大腿，是不是很开心？"

"老苏，你别这么说嘛。"女人笑着推了男人一下，"也许她是为了出名呢？毕竟因为跟腱断裂，她这辈子都圆不了体育明星梦了，想要通过和时洛的绯闻火博关注，也情有可原。"

"我没有！"听清楚他们在说什么后，我瞬间怒气值爆满。

"既然没有，那……"女人脸色一变，双眼冒光地看着我，"你和时洛到底是什么关系呢，他为什么会为了救你跳下水？"

"对啊，你们到底什么关系？"见女人发问，周围的人全附和着她，还把话筒往我嘴边递。

我被话筒戳得脸疼，心里特别害怕，总觉得这些人就像一群饿狼，分分钟想要把我剥皮抽筋。

不行！我咬住下唇，我得跑！

瞅准记者都在拍照，我拼尽全力推开之前说话阴阳怪气的男人，在他脚上重重踩了一脚后就快速冲了出去。

哼，让你说侮辱人的话！

二十分钟后，那群记者终于被我甩掉了。

我撑着膝盖喘了两口气，开心地在原地跳了跳。看来小腿不发病时，我还是能跑很快的嘛。

只是我跳了几跳后就跳不起来了。天啊，如果不能回家，我就没地方可以去了！而且现在我身上只有昨天的晚餐费五块钱，也不够住旅馆……

已经很晚了……怎么办啊？

我迷茫地站在街头，来回游荡了几次也想不出办法，难道真要露宿街头吗？

"慕小满？"突然有人在我肩头拍了下，"这么晚你不回家很危险的。"

这声音……

是两面怪？

我诧异地转过身，果然是时澈！

"时澈同学，晚上好！"

"晚上好……"时澈耸耸肩，"这么晚你在街上晃荡什么呢？"

"我……"我垂下头，低声把被记者围堵得有家不能回的事情说了出来。

"哼，我就说遇到那家伙没什么好事。"时澈冷哼一声，"算了，你一个女孩子在街上太不安全，你去我家将就一晚吧，反正我家有好几层楼，房间特别多。"

呃……我犹豫起来，去男同学家过夜不好吧？而且我和时澈并没有多熟悉，之前还吐槽他是两面怪，要远离他，现在有了困难却接受人家的帮忙……

"别犹豫了，难道你真敢在午夜的街上晃荡？"时澈突然压低声音指着旁边走路歪歪斜斜的人，说，"这种酒鬼，一会儿会更多。"

我害怕地看了眼刚刚走过去的酒鬼，心一横，咬牙道："那打扰你了，时澈同学。"

"这就对了，反正……"时澈摊摊手，"他惹出的事，他肯定要负责任。"

我疑惑地看着时澈，不知道他说的这句话什么意思。不过时澈也没多解释，做了个"跟我来"的手势，就往前走了。

时澈的家在市中心，没多久就到了。我震惊地看着时澈打开门。没想到在寸土寸金的市中心，他家竟然是栋独门独户的三层别墅！

"进来啊，傻站在外面做什么？"时澈瞥了我一眼。

我赶紧跟进去，里面灯火通明，看来他爸爸妈妈都在呢。我瞬间安心了许多，换上鞋子走了进去。

没想到走到客厅，我看到了一个熟悉的人正惊讶地看着我。

时洛！

我高兴起来，跑到他面前道："时洛！你怎么也在这里？"

"呵呵。"时澈也跟了上来，刻薄地笑了笑，"他父母死了，他当然要来这里，好抢走我父亲。"

"时澈，你够了！"时洛微微握着拳头，手背的青筋因为生气已经爆了出来。

时澈上前推开我，激动地抓住时洛的衣领，说道："我够了？时洛，你有资格说这话？要不是你的名字不在我家户口簿上，我还真以为你才是他儿子呢！哼！"

"其实我也不想让他待在我身边。"时洛突然笑了，轻松拨开时澈的手，"你要是有本事让他不要管我，我肯定会重重感谢你。"

"你！"时澈气得发抖，在原地转了半天，转身拿起身后装饰架上的花瓶狠狠砸了下去，"时洛，我讨厌你！慕小满的麻烦是你惹出来的，你自己去处理好了。"

咆哮完，时澈就跑上了楼，留下我和时洛大眼瞪小眼。

我尴尬地看着时洛，想要说些什么，张口却什么都说不出来。

时洛把花瓶碎片处理干净后，瞥了我一眼："你怎么会和时澈一起回家？"

"啊！不是！"听到时澈、一起、回家这几个词，我立刻摆手解释道，"我被记者围堵回不了家，身上又没钱，正好遇上时澈路过，他说晚上太危险，就让我来这里住一晚！"

"你不要激动，我随便问问。"说完，他的脸色白了，"记者的事，不好意思，我会处理好的，你今天就在这里住吧，二楼我隔壁有间客房。"

我不安地看着时洛。不知道为何，我觉得此刻的时洛很悲伤。

联想起之前时澈的话，我心钝钝地疼了起来，原来时洛的爸爸妈妈不在了，难怪他那么想要找回他爸爸送的小木马。

"时洛，你放心，我保证不会乱说的！"

不料时洛却像什么也没听到一样，自顾自地往二楼走。

我尴尬得不行，望了望豪华的客厅，也小跑着跟着时洛上了二楼。

豪华别墅就是豪华别墅，连客房的被子都是羽绒的，盖在身上轻飘飘的，比我家里的好太多了。

但不知道是因为无意中知晓了时洛的秘密，还是金窝银窝不如自己的狗窝，我总是睡不踏实。

时针指向早晨六点，我睁着双熊猫眼从床上爬了起来。

唉，好想念我自己的家啊！

第四章

密 室 逃 脱 的 完 美 逆 袭

1.

豪华客房虽然真的很奢华，但是我却无比怀念自己那个小而凌乱的家。因此天一亮，我就仿佛有感应一样马上睁开眼睛，想早点儿离开。

我轻手轻脚地起床下楼，走廊里亮着淡淡的橘色廊灯。我快到一楼时，竟然听到了隐隐的争执声，其中有时洛的声音！

不是吧……

我赶紧贴到楼梯边往下看，难道时洛和时澈早上起来又开始吵架啦？咦！不是时澈，而是那天推我的墨镜中年男！

他怎么也在这里？

"叔叔，既然是你把庆生会的照片卖给媒体的……"时洛皱着眉，直直地看着中年男，"那麻烦你把它撤下来，不要对照片里的女孩造成伤害。"

我吃了一惊，中年男是时洛的叔叔？那岂不就是时澈口中那个被"抢"走的父亲！而且那张照片竟然是他卖给媒体的！

时洛叔叔不认同地拍了拍桌子，说："小洛，现在的偶像要想保持高人气，必须炒作，不然更新换代这么快，那些粉丝怎么可能一直喜欢你？"

"不喜欢才好。"时洛的眉头皱得更紧了，"你要是不把照片撤下来，记者会一直为难照片里的女孩……"

"他们为难她也只是一时，她也没什么大的损失，大不了到时候补偿她点儿钱。"时洛叔叔打断时洛的话，满不在乎地从钱包里拿出张支票，"一会儿她醒了我会交给她，十万够不够？"

我不自觉地捏紧拳头，气得全身发抖。

为什么无论是姜柠柠，那些粉丝团，还是时洛的叔叔，都能理直气壮地用金钱来衡量别人？

"她不会接受。"就在我忍不住想要跳出去拒绝时，时洛淡淡地开口了，"而且除了记者，还有那些疯狂的粉丝，没人能预测她们会不会对她做出什么过激举动。"

我提起的脚僵在原地，心却跳得很快。没想到时洛真的不是表面看上去那样冷冰冰的，他其实是很温暖的男孩子。

在我需要帮助时，他会突然出现；在我遇到危险时，他会奋不顾身救我；在我昏迷不醒时，他会彻夜守护着我；在我自尊被践踏时，他也会维护我最后的尊严……

原来这样的时洛，才是真的时洛！

"好吧。"时洛叔叔叹了口气，"我把照片撤下来也可以，但我有条件。你必须拿到真人秀挑战的冠军。第一期录制你输了，后面两期必须赢才有决赛的资格。"

时洛紧紧抿着嘴，俊美的脸渐渐皱成一团。

我想起第一期比赛时，他明明一开始就发现了五色小花，却故意装作没看到，输了比赛。

他完全不想拿冠军呀！这是为什么呢？我疑惑起来，当冠军对任何人来说，都是好事呀。

"小洛你想想。"见时洛不说话，时洛叔叔的脸色柔和下来，亲切地拉着他坐到沙发上，"只要拿下真人秀冠军，就能搞定NTV合同。NTV是造星大台，他们要是给你机会，你的曝光率可比现在高多了，成为大明星也只是时间问题。"

时洛脸上闪过明显的落寞，他张了张嘴想要说些什么，却又被他叔叔打断："小洛，叔叔也舍不得你那么辛苦，作为你的监护人，我也想你能每天开心地上学读书。只是叔叔没本事，付不了你弟弟昂贵的医药费。国外医疗花费就像拧开水龙头一样，你说你不成为大明星赚钱，那时沉怎么办？哪怕他是植物人，可也是活生生的生命啊，是你的亲弟弟啊！"

我捂住嘴，脑海中闪过时洛钱包里的照片，那个可爱的小男孩一定是他弟弟时沉！但是怎么成为植物人了呢？

时洛沉默了，我看到他的手握紧了又松开，过了几分钟后，他才在他叔叔期待的目光中微微点了点头。

"这就对了。"时洛叔叔用力拥抱住他，"我现在给记者打电话撤照片，你不要担心。你昨夜没睡好都有黑眼圈了，我去给你拿冰袋敷一下，不能让人拍到你这副模样。"说着他起身往厨房去了。

我看到时洛还是静静地坐在沙发上，连眼皮都没抬一下，心里突然疼了起来，似有千万只蚂蚁在啃咬般。原来他不想当明星，只想做平凡的学生，但为了弟弟昂贵的医药费，他只能妥协。而现在为了不让我受到伤害，他又答应了他叔叔拿下真人秀冠军……

这样的时洛，真是好让我心疼。

我默默回到客房，用手机疯狂搜索时洛的新闻与视频，想多多了解这个让我心疼的大男孩。

没想到他是唱歌出道的偶像歌手，有了名气后，还拍摄了几部高人气偶像剧里男主角的高中时代，曝光率虽然比不上大明星，但绝对是炙手可热的"小鲜肉"。

可是我怎么完全没印象呢？我懊恼地捶了捶头，真是榆木脑袋，整天只知道练习跑步，都不知道关注下娱乐明星，不然就会早早认出他了。

不过，现在也不晚！我脸红地点开播放量最高的《从最初到最后》。封面是时洛呢，应该戏份很多吧？

视频缓冲了一会儿，色调清新的画面就弹了出来：漂亮女生骑着自行车尖叫着从斜坡上冲了下来，风扬起她柔顺的双马尾。突然，意外发生了！一抹修长的身影抱着只大白猫从旁边的草丛里钻了出来，女生来不及刹车，两人撞了个满怀，伴随着自行车散架的声音和猫叫声，欢快青春的音乐响了起来……

我眨了眨眼睛，把画面拉回前面，看着时洛俊美稚嫩的脸，我手一抖，按了暂停键。

原来他那么早就长得如此好看了呀，比画面里的女生还要好看许多。

"咚咚——"

我正看得入迷，门外猛地响起敲门声。

我手忙脚乱地把手机直接按关机，心虚地跑过去开门。

奇怪！我为什么要心虚呢？

门外站着的是时洛，他淡淡地瞥了我一眼，问："没睡好？"

"啊？"视频上的脸和面前的脸一下重合起来，我几乎都听不清时洛在说什么，耳边全是烟花绽放的声响。

"你都变熊猫眼了。"时洛说完停顿了一下，"你别害怕，照片的事情已经解决，不会有记者来打扰你了。至于学校里的同学，她们当时在现场知道情况，应该不会为难你。当然如果有人找你麻烦，你和我说，我来解决。"

他说得如此轻描淡写，但我知道照片撤下来的事情，他付出了多大的代价。我吸了吸鼻子，轻声道："时洛，早上好呀。"

时洛诧异地看了我一眼，一脸"你没毛病吧"的表情。

我尴尬得差点儿咬到舌头。天啊，我刚刚真的没毛病吧，说什么早上好啊！

"早上好。"我的头快垂到地面时，时洛突然轻轻笑了声，"下来吃早餐吧，吃完我送你回家。"

时洛放轻的声音真是特别好听，仿佛冬天的初雪落在耳尖一样，瞬间我感到全身的血液都从脚底反方向往脸上冲，烫得不得了。

"你先下去吧，我收拾一下就下来。"我呢喃着，祈祷他快点儿离开别看到我现在的样子。

直到时洛转身下楼，离开我的视线，我才虚脱般拍着胸口靠在门上喘气。我这是怎么了，又心跳不停，又脸红不止，难道真是得病了吗？

吃完早餐后，时洛开车送我到了我家街对面。

"你在你家四周仔细检查下，如果还有记者，就对着这里跳一下，如果没有，就跳两下。"他叮嘱道。

我惊讶地看着一本正经的时洛，问："为什么不可以打电话？"

时洛眼睛都没眨一下，淡定地握住方向盘，说："记者的耳朵很灵敏，要是听到你和我打电话，明天你还想上头条？"

"不不不……"我把头摇得像拨浪鼓，时洛真是聪明，不然要是真有记者还守着，明天我又要开始被围堵了。只是总感觉好像有什么不对劲，但又说不上哪里有问题。

我和时洛道谢后，就下了车，像雷达一样扫视着四周，一双眼睛几乎把周围都盯出了洞。直到安全走到家门口，我才长长地舒了口气。

果然全部走啦！

我兴奋地转过身，对着街对面跳了两下，还特别做作地挥了挥手。几乎是立刻，黑色豪车就只留下了一串尾气。

我抿了抿嘴唇，准备回家睡个回笼觉，突然脑中灵光一闪，终于发现哪里不对劲了，电话不可以打，但是可以发短信呀！

时洛这个狡猾的家伙！明明就是想看我出丑吧！

我对着车消失的方向做了个鬼脸，嘴角却咧到了耳根。

2.

喧闹过后的平静格外珍贵，我终于体会到了这句话的含义。

周一去学校，不仅没有粉丝团来找我麻烦，甚至连围观我的人也减少了许多，风平浪静到我都几乎怀疑之前的一切是不是做梦了。因为直到周五，时洛都没有出现在学校。

我犹豫地看着时洛的电话号码，几次要按下去，却还是忍住了。算了，明天就是第二期真人秀挑战的录制，到时应该就可以见到他了！

周末，我早早起床开始洗漱。看着那套灰扑扑的运动服和挂在阳台的鹅黄连衣裙，我纠结了十分钟，还是选了运动服。

对呀，参加挑战肯定穿运动服合适，我又不是参加选美大赛，穿什么裙子。只是……我郁闷地一口把灌汤包吃掉，大早上突然少女心爆发也就算了，为什么还要给时洛买早点啊！

我提着灌汤包提前半小时到了学校，时洛已经到了，还是坐在之前的凉亭里，周围围满了人，不只有各式早点，还有补汤、甜品、水果之类，内容丰富得我赶紧把剩下的灌汤包全往嘴里塞。

狼吞虎咽的下场就是我被汤汁呛住了，我慌忙蹲下身捂住嘴，眼圈顿时红了。太烫了！我的喉咙啊！

"喝吧。"突然头顶传来时洛的声音。我眨着眼睛抬头，就见他拿着个保温瓶面无表情地看着我，说："这是常温燕窝雪梨汤，喝一点儿对嗓子好。"

燕窝……很贵的！我摇摇头，声音还有些沙哑："谢谢呀，你自己留着喝吧。我喝点儿凉白开就好啦。"

"我有很多。"见我不动，时洛微微皱了下眉，直接打开盖子，蹲着递到我面前，"你的灌汤包好像很好吃，你下次给我带几个来，这个就当我给你的早点费。"

我咬了咬下唇，接过燕窝雪梨汤喝了一小口，温温的、甜甜的，喉咙一下舒畅起来。

时洛真是一个温暖的人吧，担心我自尊受挫，就用交换的方式让我接受。

我刚喝完，导演就把第二期的任务卡拿了过来。

这次时洛很快接了过来，还认真看了任务要求："走吧，挑战密室逃脱。"

密室逃脱？是时下最流行的那种吗？

我有些疑惑，顺手接过任务卡看了看，队员们要选择进入不同的密室完成任务，谁先完成就是冠军。

"你知道怎么玩吧？"

我点点头。听说过也算是知道吧？

"那我们走吧。"他没有再多说，拉着我往前走了几步。

见他变得如此积极，我心里却涩涩的，他大概不知道他现在的表情有多落寞吧。他的眉头明明已经微微皱起，下拉的唇角也显示出了他此刻并不愉悦的心情，却还是什么都没有说，甚至连当初他帮我的事情也没有告诉我。

明明只要不撤下照片，他就可以不勉强自己拿冠军，可为了我，他选择了撤下照片。

我咬咬牙，暗自下定决心，我也要加油！用尽全力帮助时洛赢得比赛！

密室逃脱的地点设置在月见学院最高楼的顶楼，那里是学校的观星台，十分宽阔。到了顶楼，我看见一共有三道门，分别为红、蓝、绿三色。而红门已经关闭了，看来牧星和苏也秋他们比我们先来，并且选了红色房间。

"你喜欢什么颜色？"时洛低下头问我。

"其实我没有玩过密室逃脱，不同颜色有什么区别吗？"我眯起眼睛看向两道门，要是我能透视就好了！

"区别有，不过对我来说都一样。"时洛突然敲了敲我的头，"你只说喜

欢什么颜色就好。"

"那……绿色吧！我喜欢朝气蓬勃的春天！"

"那就选绿色。"说着，时洛嘴角微扬，毫不犹豫推开绿门走了进去。

我跟着时洛走进去，身后的门立刻关上了，屋内只有着朦胧的奶黄色灯光。隐约可见一个白色书柜以及一套七彩色沙发。我率先走过去，拿起桌上的提示卡：在抽屉里找到一支笔。

找一支笔就行了？那么简单！我快速拉开抽屉，顿时就尴尬了……好吧，原来有一抽屉的笔……上面也没说什么颜色、什么牌子，几百支笔里面怎么找出带有线索的那支？如果按房间主题来推算，绿色的笔也有二十多支呀。

我还在抓耳挠腮，时洛已经直接拿起了一支黑色的钢笔，旋开了笔帽，里面竟然真的卷着张薄薄的字条，上面写着6。

好厉害！我惊讶地看向时洛，他到底是怎么在几秒的时间里准确找到线索笔的！不过数字6有什么用呢？

时洛把字条递给我，说："你保管好字条，站着不要动。"

"哦。"我呆呆地点头，听话地站在旁边。

下一瞬时洛就行动起来，先是挪动沙发，在我看起来无差别的木地板上敲了敲，推开其中一块，找到了一张字条，然后在墙上的画框上转了几圈，又一张纸片从画框的夹缝里飘了下来。

整个过程也就一分钟！

"好了，这里的三个数字已经找齐了。"在我和摄像师都"什么！这就结束了"的目光中，时洛把字条放到我手里，"剩下的六个数字在前面，走吧。"

　　走到转角处，两边都布满了绿色的管道，时洛停住步子仔细看了几眼，就毫不犹豫地伸手朝其中一个水管衔接处按了下去。只听"叮叮"两声，那里自动裂开，弹出纸片。

　　我默默接过纸片，第一次深刻怀疑起了自己的智商！

　　"你没玩过，不懂流程很正常。"也许是看我不说话，时洛突然出声道，"我们选的密室是要找齐数字密码，九个数字全对，就可以打开另一扇门成功出逃。"

　　"哦，难怪线索上全是数字呢。"我捏着三张字条，脸微微红了，"那你是怎么发现这些字条的？"

　　"第一个线索的钢笔是春天牌。第二个是绿色拼接布。第三个在画家签名处：陈复苏——万物复苏也是春天。至于这张……"时洛晃了晃手中的字条，"按钮颜色明显比其他地方深一点儿。"

　　我目瞪口呆地看着时洛。天啊，怪不得他是年级第一名，这智商，未免也太高了吧！

　　"所以只需要在这房间里找出和'绿'有关的元素，我们就能拿到数字。"时洛轻声说完，又继续往前走去。

　　不到半小时，时洛又轻松找到了四张字条。加上我们手上的四张，只差一张了！

　　我激动起来，准备赌上最后的智商，比时洛先找到最后那张字条，这时时洛淡淡地开口了："走吧，我知道密码了。"

　　"不是还差一张吗？"我不解地跟着时洛走到门边，"难道你用排列组合推算出密码了？"

时洛眼睛都没眨一下，快速在密码锁上按下了九个数字。

"其实在假花里找到的第八张字条是最后一个线索。第五个数字，在水管处找到第四张字条时，已经提示了。"

"提示什么？"我拼命回想水管处还有什么提示，脑子里却一团糨糊，难道还有另一个按钮？

时洛突然在我头上敲了两下："叮叮！"

随着他那两声"叮叮"，门也"嘀"的一声开了。我看着外面刺眼的阳光，又一次深刻觉得，我的脑子里大概是糨糊。

我是真的想不到按钮声竟然也会是线索！

我看了看手表，不多不少，正好半小时完美逃脱！而且牧星他们还没出来！我开心极了，时洛拿下这期挑战啦！

可是怎么出来后跟我想象的一点儿也不一样，既没有工作人员的祝贺，也没有热闹喧哗的场面，反而静悄悄的，像是走进了一个普通的杂物间？

"不对。"时洛微微皱起眉，脸上有丝不安一闪而过，"我们之前来时是电梯上来，可这扇门后并没有电梯，不回到一楼，我们不算真正逃脱。"

原来还不算成功！

我紧张起来，赶紧在四处查看有没有另外的出口。突然一道明晃晃的光线闪花了我的眼睛。我眯起眼睛看过去，原来是连接另一栋楼的锁链，上面还挂着辆迷你缆车，可以容纳两个人。我曾听秦爷爷说过，学校为了方便清洁工人打扫，在几栋高楼都设了缆车。

咦！我的眼睛亮了起来，看着对面那栋楼升升降降的电梯。如果我们坐缆车去到对面的高楼，那不就可以乘坐对面大楼的电梯了吗？

"时洛！我知道最后的线索了！"我邀功般跑到时洛面前，指着缆车道，"从那里坐缆车到对面，我们就可以下去了！对面有电梯！"

谁知道时洛看着缆车，脸色突然一白，过了片刻才轻轻摇头道："摄像师，麻烦你帮我联系下导演，我要放弃这次比赛。"

我惊呆了，只要坐几分钟缆车，时洛就能赢了呀，他为什么要放弃？

"时洛，为什么呀？我们可以赢的。"

时洛的手渐渐握成拳头，他却紧紧闭着嘴唇不发一言，看起来似乎会立刻休克一般。

摄影师见状赶紧关了摄像机，说："我到那边绕一圈，你们好好谈谈，我先不联系导演。"

等摄影师走远后，我鼓起勇气拉住时洛的手，他的手竟然在炎热的夏季都冰得像冰块！我一下害怕起来，问："时洛，你是不是哪里不舒服？"

时洛缓缓摇了摇头，过了许久才低声道："我很好。只是……我有一个说不出口的秘密。"

说到"秘密"两个字时，时洛的手似乎又凉了许多，我顿时心疼得不行，无关比赛结果，我也要让时洛解开心结，如果他一直把秘密埋在心里，一定会越来越痛苦的。我不要让他那么难受！

"时洛，我们交换秘密吧！"

"嗯？"时洛诧异地看向我，"交换秘密？"

"对，我把我的秘密告诉你，你把你的秘密也告诉我好不好？"我紧紧握住时洛的手，想把我的温暖传递给他，"你难道不好奇为什么我一个孤儿，会读月见学院吗？"

　　时洛漂亮的眼睛眨了眨，纠结了许久后，他才轻声道："好，我们来交换秘密。"

　　"嗯！"感受到时洛的手有了温度，我终于放下心来，"其实你别看我又难看智商又低，我还是有一点点长处的！我会长跑！我从小就比孤儿院的小伙伴跑得快，而且坚持得最久。后来我代表孤儿院去参加了市里的友谊比赛，拿了冠军。没想到赛后有个可爱的小老头跑过来问我喜不喜欢跑步，我当然喜欢啦，然后他笑眯眯地告诉我，他是月见学院体育学院的院长，可以让我免费就读月见学院，他当我教练训练我跑步。他说只要我坚持训练，以后一定可以拿世界冠军！世界冠军啊。"说着我的眼睛都冒出了光，"我肯定忙不迭地答应啦，然后就到月见学院了！"

　　感受到他因为我的话慢慢放松下来，我也松了口气，继续说："虽然因为种种原因没有跑步了，但是这件事也成了我压在心里的秘密，现在我只告诉你一个人。"

　　时洛点点头，酝酿了一会儿才低声说："五年前的夏天，我因为参加了航空夏令营，没有和爸爸妈妈弟弟一起出国旅游……后来他们乘坐的飞机失事……只有我弟弟活了下来，却成了植物人……"时洛的声音带着明显的颤抖，肩膀也抖动起来，"我怕高空……很怕……"

　　原来时洛的父母是飞机失事去世的……弟弟也是……

　　我咬着下唇，忍不住踮起脚轻轻拍打着时洛的背，安慰道："时洛，你知道吗？我永远不可能当世界冠军啦。我曾经因为车祸受过伤，小腿跟腱断裂，再也不能参加长跑比赛。那时候我难过得几乎快要死掉，甚至听到车喇叭声，看见车都会反胃到吐，我连门都不能出，只能塞着棉花躲在家里，连学都无法上。后来我想，我已经连唯一的长处都没了，要是再不读书，我以后凭什么赚钱去捐给孤儿院呢？于是我每天逼着自己在马路上坐八个小时，一边看车一边吐，但是吐得再难受，我也不放弃。终于，一个星期后，我看见再大的车，也没反应了。时洛，相信我，你也可以的！你一定可以打败自己的恐惧！"

时洛惊讶地看着我，嘴巴张合了几次才说："慕小满，你真的很乐观，不像我……我真的做不到。"

"你可以！"我双手握住时洛的手，坚定地看着他，"如果连战胜自己都做不到，那还怎么实现自己的梦想？时洛，你爸爸妈妈也一定不想看你永远困在恐惧中，他们想要你快快乐乐地活下去。你要证明给他们看，你能行！"

时洛呆呆地看着我，不确定地呢喃道："我真的可以吗？好……我试试。"说着他放开我的手往缆车走。一靠近缆车，他的身子就微微抖了起来，怎么也不敢踏上去。

这时身后传来匆忙的脚步声，我回头一眼看到了牧星那双大红色跑鞋。糟糕，牧星已经到了！

时洛显然也听到了脚步声，他看了看缆车，突然向我伸出手："走。"

我赶紧把手递过去，在牧星赶到前抢先一步上了缆车。

角落的摄像师看到我们走了，慌乱地跑过来大声叫起来："我还没上啊！喂，快开手机自拍下来！"

"哎呀，把他忘了！我拿手机录！"我吐吐舌头，想要从时洛手里抽出手去拿手机。

没想到时洛咳了咳，紧紧攥住我的手："举着手机很累的，我来吧。"

我看着他红透的耳垂，嘴角无法控制地上扬，害怕就害怕嘛，有什么不好意思的，毕竟这才踏出克服恐惧的第一步呀，能这样已经很了不起了！想当初我可是吐了两天才稍微适应点儿呢。

我反握住时洛的手，莫名开心地别过头假装望向外面："好呀。"

3.

在牧星他们赶上来时，我和时洛已经到了终点，比他们快了一分钟。我紧张地看着导演，在他宣布结果时，我连手心都沁出了汗珠。也不知道为什么会那么紧张，明明已经确定时洛赢了……

"《薄荷一夏·青春最上游》真人秀挑战第二期，月见学院，时洛胜！"

听到导演声音的刹那，我感觉天更蓝了，草更绿了，风更柔了，心情也好极了！

我高兴得跳了起来，抱住时洛激动地喊道："时洛，听到没？你做到了！你赢啦！"

时洛愣愣地看着我，犹如奶油般白润光泽的脸上泛起了淡淡的红晕，轻声说："嗯。"

听到他的声音在耳边化开，我这才意识到我在众目睽睽之下抱住了时洛！天啊！慕小满你抽风了吧？

我赶紧惊慌地放开了他："啊……对不起……我有时候有点儿……控制不住体内的洪荒之力，时洛，你别介意啊！"

时洛咳了咳，正想说些什么，就被身后的咆哮打断了。

"都是你，要不是你有什么夜盲症，在密室里也不会多耽误一小时！我也不会输！"牧星脸红脖子粗地对着苏也秋吼道，"你还说不会拖我后腿？你有夜盲症早点儿说啊，跟着我做什么？"

"我，我……对不起，我也不知道里面会那么黑……"苏也秋咬着下唇，总是带着笑意的眼睛此刻红得像小兔子的眼睛，她不停对牧星鞠躬道歉，"我保证下次一定……"

"下次？"牧星粗暴地打断她，"你怎么以为还会有下次？我不需要搭档，麻烦你以后不要再跟着我，像个小尾巴似的甩也甩不掉！"

太过分了！

作为旁观者，我都听不下去，我把袖子一拉，往前小跑几步挡在苏也秋前面，说道："喂，不过一个比赛，她又不是故意……"

"小满，你不要再说啦。"我的话没说完，苏也秋就哭着跑开了。

我瞪了牧星一眼，只好转身追了上去。

苏也秋跑得像受惊的兔子一样快，我追了她好久才把她拦住："也秋，休息一会儿再跑吧，或者我们先去吃午饭？"此刻我只想用别的事情转移她的注意力。

闻言，苏也秋忍不住"哇"的一声扑到我怀里，一把鼻涕一把泪地说道："小满，喜欢牧星好辛苦哦，真的好辛苦。"

什么？我惊得下巴都几乎掉到了地上，苏也秋喜欢牧星？

"你喜欢牧星？是我刚刚看到的那个牧星吗？"

"当然是啦！"苏也秋听到我的疑问反而笑了起来，在我肩上轻轻捶了一下，"小满，你别逗我笑啦，人家正处在失恋中呢。"

"我说真的？"我拉着苏也秋在凉亭里坐下，想起初见时苏也秋说的话，还有些不可思议，"那你当初是为了他进的医务室吗？"

"嗯，因为想要成为牧星的搭档，必须通过他设置的十项体育挑战。我虽然会一点点跆拳道，但其实对体育还是不怎么擅长。"苏也秋嘟起嘴，"今天我是真不知道密室会那么黑，不然也不会拖累牧星。"

牧星那么凶，苏也秋为什么会喜欢他呀？我不由得好奇起来。

"其实我喜欢他很久很久啦。之前我是学校啦啦队的队长，有一次运动会的时候，我忘记带工作证，被保安拦在场馆外不能进去。那可是市里的比赛，要是因为啦啦队不到位出什么意外，我都无法想象。所以我害怕得不停哭，路过的人都对着我指指点点，却没有一个人帮我。只有牧星，他帮我和保安说明了情况，让我顺利进了场馆。"

说着，苏也秋擦掉泪水，兴奋得手舞足蹈："而且，我还看到了牧星夺冠！他在跑道上的身姿是那么挺拔，跑起来的姿态又是那么健美，如果用一种动物比喻的话，那就是豹子！是力量与美的结合！我就是那时候无法自拔地喜欢上他的。"

我忍不住撑住下巴，有些反应不过来。她口中说的那个牧星真的是我认识的那个家伙吗？可是我亲眼所见的牧星却是很暴躁、很奇怪的呀，要么是说一些奇奇怪怪的话，要么就是对着苏也秋咆哮，我觉得他实在是配不上开心果苏也秋！

"也秋，他对你那么差劲，脾气也暴躁得像鞭炮，一点就炸，你为什么非要喜欢他呢？"

苏也秋"扑哧"一声笑了，一副小大人的模样晃了晃头，说："小满，一看你就没谈过恋爱。喜欢呢，是没有理由的！即使那个人万般不好，却就是谁也替代不了。我喜欢牧星，好喜欢好喜欢他！"

我点了点头，说："对不起啊，也秋，我不懂这方面的事情，你按你的心意走就好，无论你做什么，我都支持你！"

苏也秋感动地抱住我，笑得比山花还要烂漫："小满最好啦！我已经决定了，一会儿和他告白，如果他拒绝我，我就……我就再也不喜欢他了！哼！"

"我才不信呢！"看着苏也秋逞强的模样，我轻轻捏了捏她白嫩的脸蛋，脑海中突然闪过一个念头，如果把牧星换成时洛，我自己又能做到不理他吗？

我下意识地咬住下唇，有些忐忑地开口："也秋，喜欢一个人是什么样的感觉啊？"

苏也秋抿着嘴想了一会儿，捂住胸口微笑道："舍不得他伤心难过，那样自己会比他痛上一万倍。看着他笑，觉得世界都美好起来。上一秒想他，这一秒还是想他，无论在做什么、说什么，都能联想到他！"

我的心瞬间跳得很快，激烈得像是要从胸腔里跳出来。我……对时洛好像也是这种感觉啊……我舍不得看到他难过，不想他皱眉，偶尔他一笑，觉得比天使还要好看……无论何时，我都在想他……

所以，我是喜欢上他了吗？

聊了没一会儿，苏也秋就原地满血复活了，拉着我往节目组走，一路上都在策划着即将给牧星准备的特别告白。

我看着她开心的样子，心情也特别好，真心希望她能和牧星在一起。可是脑海里却一直浮现出时洛的脸，心里突然乱成了一团缠绕的线。

还没等我理清楚，我们已经走到了节目组，而现场已经极其混乱。

道具散落得满地都是，工作人员也乱成了一锅粥，地上还有几摊血。

发生什么了？不会是时洛出事了吧？

我慌张起来，忍不住离开苏也秋到处去找他："时洛，时洛，时洛！"

"怎么了？"

拥挤的人群中，时洛那张俊美的脸一出现，我立刻就红了眼眶，小跑过去拉着他仔细检查起来。直到确认他毫发无伤，我才放下心来："没事没事，刚刚看到地上有血迹，我以为……"

"我没事。"时洛轻轻笑了起来，没一会儿脸色又白了，"是牧星。"

"啊？"我惊讶地叫道，"他怎么了？"

"搭档跑开以后，他一个人在路边发呆，没想到一辆小轿车突然从路上冲过来撞倒了他。救护车刚把他带走，导演也跟着去了。现在节目组正在收拾东西赶去医院。"

糟糕！苏也秋！

我赶紧转身找苏也秋，回头却发现她一个人孤零零地抱着双膝蹲在地上，脸上没有一丝表情。

我跑过去把她搂到怀中，安慰道："没事的没事的，我们现在就去医院看他，不要怕。"

苏也秋抬头看我，扯出一抹比哭还难看的笑："他会没事的，对吗？"

"嗯！"

"你保证？"

"我保证！"

我拉着她站起来，时洛的车这时也到了，我赶紧拉着她跟着时洛上车去到医院。等我们走到手术室外时，牧星已经在抢救了。一个护士正和导演说着什么，脸上是凝重的神色。

苏也秋几乎站不稳，等我扶她过去时，才听到医生大声说道："医生刚才说牧星需要输血，可血库里没RH阴性血的库存了……有谁是RH阴性血吗？"

节目组来的人大概有十几个，此言一出，他们都赶紧回想自己的血型，这时苏也秋激动极了，跑过去拉住护士，说："抽我的，我是！"

护士看了她一眼："你体重看着好像不够。这样吧，你现在和我去称一下体重，如果过了90斤，就让你抽。"

"嗯嗯。肯定有！"

几分钟后，苏也秋看着电子屏上的"44"，哭了："护士姐姐，我不怕的，求你让我给他输血吧……"

护士坚决摇头："不行，这样你有可能会有危险。"

"你可以去吃点儿东西。"突然，时洛出声说道，"只差两斤，多吃几碗饭应该能达到。"

"对对对！我去吃！"苏也秋抹掉眼泪，飞快地往外跑。

我对着时洛点点头，也跟着苏也秋跑了出去。还好医院门口有许多餐馆，我带着苏也秋去了自助餐厅，她一口气拿了三人份的食物，拼命往嘴里塞。

我心疼地看着她，却也知道此刻只有这样才能救牧星。如果我也是RH阴性血就好了。可是此刻我什么也做不了，只能站在旁边看着她。

苏也秋边吃边哭，不到十五分钟，就把所有东西都吃完了，她把钱包往桌上一扔就飞快地往医院跑。

"我已经付过钱了！你吃了那么多东西，别跑这么快……"我叹了口气，

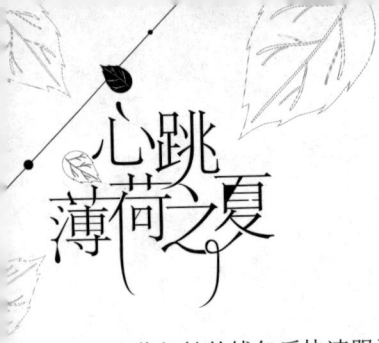

收好她的钱包后快速跟了上去。

吃完三人份的快餐后，苏也秋的体重终于到了91斤，护士也舒了口气，说："好了，抽血吧。"

"嗯！"

我看着苏也秋苍白瘦弱的脸上浮起的笑容，突然明白了，原来爱一个人，可以让自己变得那么坚强伟大。

我忍不住四处看了看。仿佛有感应般，时洛也朝我看了过来。在看到他眼睛的那一刻，我悬着的心终于放了下来。

还好他在我身边，还好他没事。

第五章

喜 欢 你 在 心 口 难 开

心跳薄荷之夏

1.

医院里静悄悄的，除了穿着白大褂的医护人员的脚步声，安静得仿佛没有人存在。

我站在牧星的病房外，看着病房里还在昏睡的他，心里终于松了口气。我根本无法想象他刚被推出手术室时苏也秋哭得快昏厥的样子，不得已节目组联系了她的监护人，苏也秋的爸爸提前把她接走了。

现在情况已经稳定下来，我也可以离开了。

我走出医院，看着满天繁星，再看看旁边时洛在星空下更加立体好看的脸，心里莫名多愁善感起来。

哎呀！我重重捏了下脸，慕小满，你打起精神来！喜欢时洛的人那么多，多你一个也不多。时洛那么美好的人，从出生起，就是让人喜欢的呀！所以就算你喜欢他，也……也没什么不好意思的吧！

"你还不走？"突然时洛满脸疑惑地看着我，"在医院就看到你一个人碎碎念，说什么呢？"

"没，没说什么！"我慌忙摆手，脸蓦地烫了起来，"我只是在计划是坐车回家还是走路……"说到后面，我的声音越来越小。编谎话好难为情呀！

时洛微微点了下头，往前走了几步又停住脚步，侧着脸对我轻声道："我和助理借了自行车夜骑，你要不要搭顺风车？"

自行车！我脑中瞬间浮现出时洛演的《从最初到最后》的镜头，里面的女主角小时候和他初见是骑着自行车和他相撞呢！

一想到这儿，我就回神了，时洛可是明星，我就这样坐在他的自行车后座上，被他的粉丝看见，下场会不会很惨？

"不搭？那我走了。"时洛嘴里说着话，脚下却没有动。

路灯下我只能看到他轮廓模糊的侧脸，还有那浓密卷翘的睫毛，像小蝴蝶一样扑扇着，分分钟就飞到我心里……

上天真是不公平！时洛长得已经那么好看啦，竟然还是个"睫毛精"！

然而……过了这个村就没这个店了。

我四处望了望，发现路上的行人已经很少了，在夜色的掩盖下也没有什么人注意到我这边。

我小跑着来到他旁边："我搭！"

我有些扭捏地坐在了自行车后座上，夜晚的凉风带着青草的气息，也把时洛的白衬衫吹得鼓了起来，时不时拂过我的脸。我能嗅到淡淡的橘子味，原来时洛是用橘子味的洗衣液呀！

我看着时洛的背影，舍不得眨眼，脑海里烟花绽放，手不自觉地悄悄拽住了他的衣角，心跳得飞快，只希望回家的路长一点儿，再长一点儿！

可是下一刻，时洛的声音无情地把我从美梦中拉了出来："到了。"

"哦。"我失望地放开他的衣角跳下车，"谢谢你送我回家。"

"你怎么了？"时洛狐疑地看着我，"从医院出来开始，你的情绪一直很低落。"

因为喜欢了遥不可及的你呀！

我紧张地抓住裤缝，看了时洛的脚尖半晌才抬起头："时洛，《从最初到最后》的结局是什么？"

上次因为时洛突然敲门，我只来得及看了开头，但是我记得简介里写的是：平凡的女生方朵朵因为意外撞伤了校草秦洛，秦洛伤到了脚，于是方朵朵不得不担负起每天接送男主角上下学的"艰巨"任务。没想到在相处中，方朵朵渐渐喜欢上了秦洛。可这时，号称秦洛未婚妻的白媛媛转来了他们学校……

听到我的话，时洛不可思议地挠了挠头："你不会告诉我，你低落一晚上是在想狗血剧的结局？"

糟糕！我怎么就管不住自己的嘴呢！我懊恼地咬了咬下唇，脑子飞速运转起来，想要寻找一个完美的借口……

啊，有了！

"哦，我是男主演的影迷，好像你也出演了吧？那肯定知道结局啦，哈哈，我就想要你剧透一下！"

时洛微微皱起眉，突然伸手贴在我的额头上："没发烧啊，怎么净说胡话？那部剧去年就完结了，你还需要我剧透？"

我差点儿没吐出一口血来，去年的剧点击率为什么那么高啊？我不动声色地往后退了一大步，脱离他的手："哈哈，逗你玩呢！我当然看过结局啦，只是想考考你的记忆力！"

时洛收回手，竟然真的认真回忆起来，过了几分钟，他微笑着轻轻击掌："想起来了！结局是男主角恢复记忆，成功在机场追到了女主角。"

我又是一口血卡在喉咙里，万万没想到这剧后面竟然那么狗血，但是他们竟然在一起了！我顿时开心起来："嗯，那么晚安啦，时洛。周一见！"

"嗯，晚安。"时洛抬脚踩上踏板，在车滑出去那一秒轻声说了句，"周一见。"

周一天未亮，我就穿上日常运动服出门了。只是没多久，我又红着脸跑回了家，换上鹅黄色棉布裙，把马尾扎成了丸子头。

一切装扮完毕后，我忐忑地看着镜中笑得眼睛弯弯，脸上微微透红的自己。真是太夸张了，不过是去学校能见到时洛而已……

慕小满，你清醒点儿！

到学校时，时间还很早。除了我，只有零零散散几个学生在校园里运动。我挑了个视野最好的地方坐着吃早餐，眼睛却一直盯着校门方向。

可是直到上课铃声响了，时洛的身影都没出现。

我咬了咬下唇，心里难过极了。

我真傻，周一见只是人家的客套话，我还傻傻期待着周一真的学校见。

昏昏沉沉地熬到放学，我刚出教室，苏也秋就笑着对我挥了挥手，喊道："小满！"

我收拾好心情对她笑了笑："你等我放学吗？"

"导演发信息和我说，牧星好了许多，你陪我去看望他好不好？"苏也秋红了脸，拉住我的手不停晃，"我一个人好难为情。"

"好呀。"见她开心，我也开心起来，今天虽然很糟糕，但总算还是有好消息。

到了医院门口，我们去水果店买时令水果，苏也秋挑得很认真，每一个都新鲜又香甜。她提着包装好的水果篮，结结巴巴地唤住我："小满，我，我……"

我从未见过苏也秋这般模样，不由得好奇道："怎么啦？"

"你说……"苏也秋深吸了口气，手紧紧抓着水果篮，"我一会儿和牧星告白可以吗？"

我愣了一会儿，看着苏也秋虽然不安却坚定的双眸，点点头说道："可以呀，无论你做什么决定，我都支持你！而且，你那么有勇气，肯定会有好结果的！我相信你！"

"嗯！"苏也秋扑过来抱住我，瘦小的身子微微有些颤抖，"谢谢你呀，小满！我真的很喜欢他，我好想他知道世上有一个我那么喜欢他，即使他会拒绝我，我也希望他会因为我的爱而觉得幸福。"

天啊！好感人！

我眼圈红红地回抱住苏也秋，心里默默为她祈祷起来，牧星一定要好好回应她呀！

过了几分钟，我们到了病房门口。苏也秋大大地呼吸一口气后，轻轻敲了敲门："牧星？"

"咦？有人来看你了。"这时，屋内响起了似曾相识的男高音。

我还在想会是谁，门一下被拉开了。一头银发的老头难以置信地看着我，脸上涌现激动："小满！"

"木教练……"我的眼圈顿时红了，我终于又见到这个可爱的小老头了，除了院长阿姨，他是第二个对我那么好的人。

当初是他把我从孤儿院带出来就读月见学院，还在他朋友那里帮我低价租了地理位置优越的老房子，而且如果不是我执意要自己交房租，他甚至要帮我付钱。

可是我却因为车祸让他失望了……

木教练和蔼地拍了拍我的头："我担心你见到我会触景生情，所以一直没有联系你，没想到今天竟然见到了。你最近还好吗？"

"我很好。"我擦掉眼泪，对着木教练深深鞠了一躬，"木教练，对不起，我让您失望了。"

"傻孩子。"木教练拉着我走到牧星床边，叹气道，"我没有对你失望，只是觉得你这个苗子太可惜了啊，你天生就是长跑的料，可惜……唉，上次要不是你受伤不能参赛，牧星这小子也没那么好的运气拿到冠军。你看他哪有你省心，动不动就给我惹麻烦，这次又受了这么重的伤，至少休养三个月才能跑步，浑小子一个。"

牧星涨红着脸，嘴巴张了几次，最终还是垂下头，咬着牙不说话。

我也有些尴尬，支吾着不知道说什么才好。毕竟，我跟他虽然都曾经在木教练手底下训练，但训练时间却是分开的。我从没想过木教练在牧星面前是这样说我的，毕竟他是全校都知道的木教练的得意弟子。

这时苏也秋脸色一白，把水果篮轻轻放到桌上，走到木教练面前轻声道："不是的，牧星是靠自己的实力才拿到冠军的。他每天早上六点就会到田径场训练，直到八点上课才回教室，下午一放学，也会在田径场训练到晚上八点。他因为经常不按时吃饭，还得了胃病。所以他的冠军，是用汗水和病痛换来的，并不是靠什么虚无缥缈的运气。我知道您是牧星的教练，他很尊敬您，也很崇拜您。您能不要总说这样的话让他难过吗？他在真人秀挑战那么拼命，也是为了证明给您看，他可以打败小满，他比小满强。"

什么？我震惊极了，原来牧星想赢的不是时洛。

牧星显然也惊讶极了，他瞪圆眼睛看了苏也秋半晌，才讷讷地道："你怎么知道我的事？"

苏也秋咬住下唇，眼泪大滴大滴砸在地上："我喜欢你呀……从喜欢你以后，我每天都会悄悄跟着你，记录你所有的事情。其实每次饭点我都会去帮你买饭，只是最后都没勇气拿给你。有一次我买完饭回来，正好听到你在无人的田径场上……哭，自言自语说着你的委屈……对不起，我不是故意偷听……我只是很心疼你，把那么多事都放在心里一个人承受，你明明那么努力……"

"这误会大了。"木教练猛地拍了拍额头，对着牧星叹了口气，"你说你这小子平时那么聪明，怎么会听不出这是我在激励你呢？小满确实是长跑的天才，我对她寄予厚望，但你也是我的得意门生啊，我只是怕你太骄傲自满，所以说这些来激励你，让你不要懈怠。"

"真的？"牧星的眼睛瞬间亮了，他激动地拉住木教练的手，问道，"没逗我开心？"

"傻小子，这么严肃的时刻，谁逗你开心！"木教练哈哈笑了起来，用力把牧星的头发揉成鸡窝，"没想到嘛，你还偷偷哭了。哈哈，外表五大三粗的，内里也是很柔软的少男心呀！"

"就哭了一次，掉了……一两滴泪！"牧星的脸又红了，他大着嗓门委屈地道，"要不是你总说，我也不会那么在意……说一次两次还行，你说了五十九次！加上刚刚这次，不多不少，凑整六十！"

木教练轻轻在木星头上捶了下，正想说话，突然瞥到旁边挂着泪，脸却红扑扑的苏也秋，他夸张地咳了咳，说："那什么，浑小子，人家小姑娘为了你连我这把老骨头都敢教育，也当众和你告白了，你赶紧回应人家，别揪着这些陈芝麻烂谷子的破事数落我。"

"才不是破事……"牧星嘀咕着，悄悄瞟了苏也秋一眼，脸色越发红了，"我才不喜欢她这种爱哭的女生呢，念她几句也哭，告个白也哭。哎呀，麻烦死了。不喜欢，不喜欢！"

他居然拒绝了！

我慌忙看向苏也秋，果然她先是怔住了，然后眼泪像没关上的水龙头里的水一样哗哗往下掉。她紧紧咬着下唇，再也没看牧星一眼，说了声"抱歉"就飞快地跑了出去。

喜欢是两情相悦的事，我也不能指责牧星，只好对着木教练挥挥手："教练，我要去找也秋了，下次见！"

"哎，行！小满，你好好安慰下人家小姑娘，这浑小子说话也不委婉一点儿！"木教练摇着头，又不轻不重地在呆滞的牧星脸上捏了下。

"嗯。"我边点头边跑了出去，脑子飞速运转着，想要找些心灵鸡汤来安慰苏也秋。

没想到苏也秋没跑多远，我追到医院外，她就停了下来，用手狠狠擦着脸。我赶紧跑上去给她递手帕："也秋……"

"我没事。"她哑着声音打断我，接过手帕把脸胡乱擦了一通，突然笑着蹲到地上，"小满，我以为我很坚强，做好了告白失败的心理准备。可是直到

心跳
薄荷之夏

牧星亲口说他不会喜欢我时，我的心好疼，特别疼。我才知道我一点儿也不坚强……"

"也秋，你那么喜欢他，千万不要放弃呀。"我也蹲下身拉住苏也秋冰凉的手，试图给她力量，"只要有恒心，他一定能感受到你的爱的。"

"不。"苏也秋坚定地摇着头，"我有我的骄傲，既然他不喜欢我，那我也不会缠着他。我希望他幸福，能遇见让他喜欢的女孩子。"

我愣住了，眼前一下闪过时洛的脸。苏也秋明明那么优秀，牧星都不喜欢她，那和我一个天上一个地下的时洛，应该更不会喜欢我吧？难道……我的初恋还没发芽，我就要把它扼杀在摇篮里吗？

"小满，虽然我放弃牧星了，不过我也决定改掉喜欢哭这个坏习惯了。"苏也秋把眼泪逼回去，捏着拳头坚定地说道，"我要做到，我一定要做到！你相信我吗？"

"嗯，你可以的。"我轻轻拥住苏也秋，心里无限惆怅起来。

我到底应该怎么办呢？

2.

把苏也秋送回家后，我迎着夜晚的凉风慢慢沿着路边走，走着走着就看到了一块巨大的广告牌，时洛微笑的脸就这样占据了我所有视线。

我停住步子，呆呆地看着他。他笑起来可真好看，我忍不住伸手隔空轻轻拂过他的脸……

"来短信啦，来短信啦。"

提示音瞬间把我惊醒，我红着脸慌忙退了几步，却不小心撞到了一个柔软的东西。

"对不起，对不起，我不是故意……"

话说到一半，我回头看到了一张熟悉的脸，顿时就说不出话了。

姜柠柠！

"真是你呀。"姜柠柠笑弯了眼睛，亲昵地拉住我的手，"远远看着，我就说身影像是你呢。"

我尴尬地把手从她手里抽出来，上次蛋糕的事情还没说清楚呢，她这么热情，我真是不习惯。

"姜柠柠，你怎么在这里？"

"哦，市里新开了家法国料理，我和我妈妈刚吃完，车路过这里，我就看到你了呀。"姜柠柠说完上前指了指时洛的广告牌，"没想到你在看着时洛照片发呆呢。"

我的脸瞬间发烫，有一种秘密被人发现的不安。我支吾了半天，终于想到了避过话题的好理由："其实我也想找你问清楚。上次时洛的生日会，你为什么要让我帮你送蛋糕给他？你是他的粉丝，没理由不知道他有重度奶油过敏呀！"

闻言，姜柠柠委屈起来，眼圈红红地看向我："小满，你是因为这件事才对我那么冷淡吗？你误会我了，那蛋糕是我给你准备的。你说送完礼物要离开，我想生日会你吃不上蛋糕多糟糕，就特地打包了一个蛋糕给你。没想到没记性的管家竟然记错了，以为是我让你转交的礼物！回去我一定好好说说他。

让你受委屈了，对不起啊，小满。"

原来是这样！我有些不好意思起来，那天姜柠柠那么帮我，我竟然还怀疑她不怀好意，真是狗咬吕洞宾，不识好人心。

"应该是我道歉才对，冤枉你了……"

"没事，我能理解。之前因为真人秀的事，我对你确实很过分。"姜柠柠调皮地吐了吐舌头，"都是因为太喜欢时洛啦，只要看到有女生出现在他身边，我就会不由自主地做些过分的事情呢。这种心情……你也能理解的吧？"

我能理解吗？我想起了《从最初到最后》里女主角从自行车上摔下来，扑到时洛身上的画面……确实很不舒服呢，恨不得他抱着的人是自己，眼里的人也是自己……

天啊……慕小满，你变坏了！

我不安地咬住下唇："嗯，我……能理解。"

姜柠柠的脸色瞬间发白，过了会儿她犹豫地开口问道："你是不是喜欢时洛？"

终于有人知道了！

我一时分不清自己是忐忑还是松了口气，我该承认还是否认呢？我瞥了眼广告牌上时洛微笑的脸，心里突然柔软起来。是呀，我喜欢他，哪怕我微小如一粒尘埃，但这份心意，我为什么要否认呢？

它实实在在是我此刻最大的幸福！

我捏紧拳头，对着姜柠柠认真点了点头："是，我喜欢他。"

姜柠柠沉默了，一点点把时洛广告牌上沾染的些许灰尘抹去，过了会儿才呢喃道："也是，他那么优秀，你怎么可能不喜欢他呢？那么……"她回头向我伸出手，脸上扬起甜美的笑容，"欢迎你加入时洛粉丝团哦。"

啊……粉丝团？

我迟缓地伸手握住她的手："嗯……谢谢。"

她看了我一眼，眼睛里复杂的情绪一闪而过："那我先走了，车还在前面。以后我们要一起分享时洛的消息哦。"

姜柠柠走后，我许久都没回过神。原来承认喜欢时洛，也没什么难的嘛，上下嘴皮一碰就搞定啦！

而且正面承认，确实会让人觉得心情愉快，好像连这份感情也可以光明正大一样。

咦，刚刚好像有人给我发短信呢！

我回过神来掏出手机，在看到发信人那一刻，整颗心都跳到了嗓子眼。

时洛！是时洛发的短信！

我深呼吸了好几次，才颤抖着手点开了信息。

"今天突然有通告，没能去学校，看来周一见办不到了，那么明天放学你有空吗？"

"他记得！"我捧着手机跳了起来，却不小心瞥到了路人惊恐的眼神。

我不好意思地挠了挠头发，红着脸边走边回短信："有吧！"

发完信息我一直紧紧盯着手机，唯恐错过回信。直到十分钟后，手机才再一次亮了起来："那就约好了，明天下午五点半，霞飞路76号见。"

这算是约会吗？

我看着屏幕上的字，有些眩晕，等回到家呈"大"字躺在床上时，我才想起还没给时洛回复。

我在输入框打了一大串文字，却在发出去那刻全部删除掉，只回了一个
"好"字。

慕小满，要矜持！

周二一放学，我就奢侈地坐出租车去了霞飞路76号。虽然距离五点半还有
一个小时，可我就是控制不住那颗想要早点儿见到时洛的心……

没想到我一下车，就看到一个戴着鸭舌帽的男生低头站在树下，虽然他戴
着口罩，但那双漂亮的眼睛，一看就是时洛！

我雀跃起来，小跑到他面前咳了咳："不是说五点半吗？"

时洛抬起头，声音里带着点儿疑惑："你从学校坐地铁过来，再走一段路
到这里差不多是五点半，怎么来得那么快？"

"啊……我……"我的脸一下红了起来。完啦，我要怎么解释才好，打工
少女如我，竟然花了"巨资"打车……

"走吧。"还好时洛没有再问，轻声咳了咳说，"展览快开始了。"

展览？什么展览？

我疑惑地跟在时洛身后："什么展览呀？"

"航模展。"走到展览厅，时洛的身子微微晃了晃，声音也带着点儿犹
豫，"今天是国际航模展的最后一天，我想如果我可以到航模展参观，慢慢习
惯甚至能亲自体验，是不是就能战胜恐惧……不过我还是很害怕，所以……"

"所以就邀请我一起看？"我弯起嘴角，大步走进了展厅，不给时洛退却
的机会，"那还等什么？走吧！"

进了展厅，我看着数以万计的飞机模型惊呆了，它们有的悬挂在半空中，有的直接放在地上，在周围的强光照射下显得非常有格调。

没想到竟然那么精致！

我担心地看向时洛，果然他的额头已经微微冒汗了。我慌忙退回他身边，轻轻握住他的手："时洛，那架白色的飞机模型好漂亮，你和我讲一下它的来历吧！"

"那是歼-8。"时洛的眼睛瞬间亮了起来，眼眸里泛着我从未见过的认真神色，"歼-8是沈阳飞机工业在20世纪60年代设计研制的双发高空高速截击歼击机，是中国空军和海军航空兵20世纪80年代至21世纪初主力战斗机种之一……"

我看着神采飞扬的时洛愣神了，大概时洛自己都不知道，此刻他有多么迷人，多么让人移不开眼。

看来他真是特别喜欢航模呢！

"那这个呢？"为了分散他对高空的恐惧，我一路指着各种飞机模型让时洛讲解，他也越来越放松，额头不再冒细汗，还放开我的手买了好几个仿真战斗机。

"送你。"突然时洛把一架仿真歼-8模型递给我，眼睛里亮光闪闪，"这是我最喜欢的战斗机，希望你也喜欢。"

"咚咚咚……"

我的心剧烈地跳动起来，手颤抖地接过袋子。

他愿意把他最喜欢的战斗机模型送我，那是不是表明他可能有那么一点点喜欢我呢？也许我现在可以和他告白，像苏也秋对牧星那样勇敢地告白？

"时洛，我……"我鼓足勇气，正准备说出我的心意，身后突然传来了熟悉的声音。

"时洛，小满！"姜柠柠拿着一个模型跑过来，脸上红彤彤一片，"你们也来看航模展呀，刚刚看背影就知道是你。"

天啊，还好还好！我后怕地拍着胸口，大大地舒了口气，要不是姜柠柠出现，我刚才真的一冲动就告白了！

冲动是魔鬼！慕小满你要忍住！

"嗯。"时洛淡淡地点了下头，突然眼眸亮了起来，指着姜柠柠手上的模型说道，"这不是非卖品吗？"

"是呀。"姜柠柠骄傲地抬起下巴，"这是我表哥的作品展，他把这架限量非卖品送给我啦，可好看、可精致了。"

时洛脸上闪过羡慕的神色。我记得之前路过展览台的时候，他特别喜欢姜柠柠手中那架军绿色航模，可惜工作人员说是非卖品。

姜柠柠眼睛转了转，把飞机模型递给时洛："其实我不喜欢这些飞机模型啦，放在我卧室里蒙灰尘好浪费，不如时洛你拿去吧。"

"给我？"时洛激动起来，可还是犹豫地说道，"还是算了，这是你表哥送你的东西。"

"拜托啦，时洛。"姜柠柠一下变得楚楚可怜起来，拉住时洛的手晃了晃，"你就帮帮我嘛，我不想在卧室里放这个啦。"

我愣愣地看着姜柠柠，她不愧是时洛的资深真爱粉，能把送礼物说得如此清新脱俗，反倒像时洛帮她忙一样！

时洛看了模型一会儿，还是别开了视线："谢谢你，不过我还是不能接受。昨天我去商场剪彩时，工作人员说新出了一款限量芭比娃娃，你应该会很喜欢，一会儿我让助理给你送过去，你把芭比摆在飞机模型旁边，就不会忘了给它擦灰。"

"好呀！"姜柠柠兴奋得脸颊通红，双手捧脸说道，"在航模展逛了这么久，我都饿了，正好为了感谢你，不如我们一起去吃饭吧。隔壁新开了家意大利菜馆，主厨都是意大利名厨，超级好吃。啊……小满你也一起吧，你吃过意大利菜吗？虽然餐厅比较高档，有很多用餐礼仪，菜单也是意大利文，但是和我们一起，也没关系啦。是吧？时洛。"

意大利菜……我确实没吃过……我有些失落地低下头，一眼看见了脚上那双洗得有些泛白的帆布鞋。

大概那家意大利菜馆一道饭前点心的价钱，就能买我一年份的帆布鞋吧？

我捏紧书包带，抬头微微笑了笑："不用啦，谢谢你的好意。不过我还有点儿事，要先回家……那么，再见了！"

说完我不敢再看时洛和姜柠柠站在一起的画面，转身一刻不停地往外走。

3.

快步走到展厅门口，看着外面人来人往的街道，我才稍微平复了一些。

没什么大不了，我吃不起意大利菜，但我可以自己做饭呀，虽然平时因为在便利店打工，偶尔要吃快餐，但我的厨艺可一直没荒废呢！

慕小满的厨艺，超级棒！

心跳
薄荷之夏

"等等我。"走到公交车站时，我被一双温暖干燥的手拉住了。

我诧异地回头，时洛正气喘吁吁地撑着膝盖喘气："你脚上装了风火轮？走路和飞一样。"

我疑惑地看着时洛："你不是要去吃意大利菜吗，追我做什么？"

时洛摊摊手，狡黠地眨了眨眼睛："你不知道吗？明星在未经经纪人同意的情况下，一不能接受粉丝赠送的礼物，就像刚才，我很喜欢那个飞机模型，可还是不能收；二是不能接受粉丝的任何邀约，什么吃饭、玩耍之类都不行。"

我似懂非懂地点点头，原来当明星还有那么多限制呀，难怪时洛怎么也不接受那个飞机模型呢。

"慕小满。"时洛咳了咳，指着我手上的袋子说道，"我送了你一个礼物对不对？"

"啊……"我挠了挠头，下意识地把袋子往身后藏，他不会送了东西要收回去吧？我不想还啊……

"既然我送了你礼物，你就应该请我吃饭。"时洛严肃地拍了拍我的头，"这叫礼尚往来。你平时在哪里吃饭，就请我在哪里吃饭好了，我不挑的。"

"啊……"我更晕了，完全不明白时洛想干吗，只好认真地回答道，"我平时都是自己做饭，在家里吃。"

"自己做饭？"时洛小声念叨着，突然拉着我跳上公交车，"那更要吃了！走吧！"

"可是……"

"不许拒绝！"时洛打断我，见车上有人盯着他窃窃私语，他慌忙摸了摸戴得周正的口罩，见没歪才压低声音道，"你是不是想收了礼物就走人？慕小满，你这种行为是不道德的！"

我终于忍不住笑了出来，指着路线牌摊了摊手："吃饭可以呀，可是坐错车了，经过我家的是1路公交，这是5路！"

"我没坐过公交……还以为哪里都能到……"

隔着遮住时洛大半张脸的口罩，我还是看到了时洛脸红的模样，嘻嘻，原来他也有不懂的！

转了一次公交，我们终于在七点到了我家。我进门指了指仅有的一张小沙发，说："时洛，你坐在那里等我吧，我去做炸酱面！这可是我的拿手好菜，一点儿不比大餐差呢。"

时洛呆呆地看着我的屋子，眼里闪过一丝心疼："从外面看明明还不错，怎么里面这么狭小破旧。你一直都住在这里吗？"

"是呀。"我戴上围裙，微笑道，"可是我觉得这里很好啊，交通便利，房间也正合适。虽然小，但是有单独的厨卫，还有个小阳台呢！"

时洛静静地看着我，嘴角微扬，说："是啊，而且房间虽然朴素，可被你布置得很温馨，有家的感觉。你真坚强，虽然是孤儿，但活得那么努力，我很佩服你。"

被喜欢的人夸奖真是一件开心的事情啊！

我控制住不停上扬的嘴角，手下擀面的动作越来越快，我要让时洛知道，我不仅活得努力，厨艺更是棒棒的！

也算是满足我那点儿受挫的自尊心啦！

没多久，我就做好了两大碗炸酱面。我期待地把面端到时洛面前："尝尝！我自己照着菜谱学的哦。"

时洛拿起筷子，吃了一筷子后久久没有动。

我紧张起来，难道不符合他口味吗，还是我的厨艺没有我想象的那么好？不应该呀，我之前悄悄尝了一口，味道还可以呀……

突然时洛的眼圈红了起来，他端起面碗，风卷残云般吃完了那一大碗炸酱面。

我张大嘴巴，赶紧盛了碗顺手做的面片汤给他："时洛，不好吃不用勉强自己吃的，我没关系的！"

"不是。"时洛摇摇头，声音有些哽咽，"自从我爸爸妈妈离开后，我就住到了叔叔家。叔叔工作特别忙，家里就只有我和时澈两个人。叔叔请了个厨师给我们做饭，很精致的菜肴，但是没有家的味道，就是酒店大餐。加上时澈不喜欢我，我们两个总是在饭桌上吵架，有时候甚至还摔盘子，谁也吃不好饭。我只有在梦里，才能吃到妈妈做的带有家的味道的面条。"

我抿着嘴唇，鼓起勇气轻轻拍打着时洛的背："以后要是你想吃，和我说就可以了呀，我……顺便帮你做一份！"

"你说的，不许反悔！"时洛飞快地抬头，眼睛红红地看着我。

我毫不犹豫地点头："但你和时澈是怎么回事呀？我觉得他人其实还挺好的，可是一遇到你，或者和你有关的事情，就像竖起刺的刺猬。"

"叔叔一心忙工作，时澈的妈妈很早就和他离婚出国了，所以时澈从小就是保姆带着长大的，叔叔也不关心他。但是自从我来了后，叔叔特别关心我，时澈就认为是我抢走了他爸爸，特别讨厌我。"时洛轻声说道。

我震惊极了。

怎么会有人更喜欢侄子，而不喜欢自己的儿子呢？这不合理啊。

"难道他是还在怨恨时澈的妈妈，所以对时澈漠不关心？"

时洛摇了摇头，说："其实叔叔不是真的关心我，在他心里，谁都没有他的事业重要。他觉得我一定可以成为巨星，所以对我特别好。"

说着时洛垂下头，看起来特别忧伤。

我心疼地拭去他眼角的泪，说："不一定啊，你爸爸是他哥哥，他疼你也很正常，你别瞎想了。"

"不。"时洛吸了口气，无奈地笑了笑，"叔叔对我太好，我一直觉得自己抢了时澈的爸爸，有一次为了把叔叔还给时澈，我就跑去书房躲了起来，结果不小心听到了叔叔和朋友打电话，知道了他把我当成事业成功筹码的秘密。他说我会是他这一生最辉煌的事业……"

天啊……时洛叔叔竟然把时洛当成一件商品！

我气得眼圈都红了，心疼地想要抱住他，却又不敢，只好轻声道："没事啦，把秘密说出来就好了，一切都会过去的。"

时洛微微笑了起来，对着我点点头："也许吧。不过，慕小满，我真的很谢谢你，这些事情藏在我心里很久了，像根刺深深扎在我的肉里。可是我不能和任何人说，直到遇见你，我终于可以把所有秘密都说出来。谢谢你愿意听我的秘密。"

其实只要你愿意说，我一辈子都愿意听呀。我有些心酸地想，原来我比自己想象的还要喜欢时洛，只是他大概只把我当成好朋友吧……

我强撑起笑容，在时洛肩头轻轻捶了捶，说："那说好了，以后有什么不开心的事情，都要和我说哦！"

心跳
薄荷之夏

  "好。"时洛把空碗推到我面前，亮晶晶的眼睛看着我，"小满，我还要吃一碗。"

  "好！"

第六章

被 扼 杀 的 告 白 之 花

1.

原本温馨的小房间，在时洛离开后，不知道怎么显得有些冷清。

我点开了《从最初到最后》，看完第二集后正准备去洗碗，手机就响了起来。难道时洛这么快就到家了？

我雀跃地蹦过去拿起手机，却发现是个未知号码。

奇怪，会是谁呢？

"喂？"

"小满姐姐，你可算接电话啦！"

话筒里传出晴晴软糯的声音，我一下高兴起来："晴晴，这么晚了还没睡觉吗？"

"马上要睡啦，不过护士姐姐说周五我可以出院啦，我就激动得又爬起来，跟她借了手机打电话给你！"晴晴特别开心，声音都拔高了一个度，"小满姐姐，院长阿姨说周五晚上要给我举办欢迎会，你也来好不好？晚上你可以和我一起睡！"

"好呀！"我已经好久没有在孤儿院住了，我笑得嘴角咧到了耳根，"到时候我给你们带零食和水果，晴晴你想吃什么呀？"

"我都可以啦。那个，小满姐姐……"晴晴支吾起来，过了半天才小声说道，"你能把天使哥哥叫来吗？我好喜欢他的！"

天使哥哥？啊！时洛！

我眼珠子都快瞪出来了，天啊，晴晴那么小都被他迷住了……

"小满姐姐，不可以吗？"晴晴的声音带着哭腔，抽泣起来，"除了醒的那天，天使哥哥都没有再来看我啦……呜呜呜……"

听着晴晴的哭腔，我心疼得不得了，只好先答应下来："好！姐姐保证明天带着天使哥哥一起来。你不要哭，乖乖睡觉好不好？"

"真的吗？"晴晴瞬间停住哭声，"我马上睡觉，不许反悔！"

说完晴晴火速挂了电话，我哭笑不得地拿着手机。

可是我要怎么和时洛说呢？

我呆呆看着屏幕上时洛的号码，想着万一他拒绝怎么办？我一定要想个好理由，让他不能拒绝才行呀……

我拿出笔在纸上写了几个理由，仔细研究了下，又用橡皮擦一一擦掉。时洛平时忙得连学都不能上，无论我找什么理由，他应该都不会答应吧？

我失落起来，自暴自弃地把手机扔在一旁，倒在床上发起呆来。

"啦啦啦啦啦啦，来电话啦。"突然手机又响了起来。

我懒得去看屏幕，摸索到手机就直接按下了通话键："喂？"

"我到家了。"

听筒里的声音好听得不得了，我瞬间从床上弹了起来，心剧烈跳动起来："时洛……"

"嗯？"时洛似乎在做着什么，身边传来细碎的声响，就连他的声音都有些模糊。

"你在做什么呀？"我下意识地开口，看着镜中小女儿姿态的自己，不禁羞报起来。慕小满，淡定啊！不就是一个电话而已，至于这么激动吗？

那边又传来了窸窣的摩擦声，过了会儿，时洛的声音才传来："哦，我在脱衣服，准备洗澡。"

啊……我捂住嘴，整张脸直发烫。

时洛竟然在脱衣服！

我的心跳蓦地加快，声音大得把我自己都吓了一大跳："洗，洗……澡……"

"对。"时洛轻轻哼了声，"洗澡。"

不行！再不转换话题我肯定会爆掉！我深吸一口气，一鼓作气地把纸上的第一条理由念了出来："时洛，周五晴晴出院要举办个欢迎会，你上次帮忙付了医药费，所以晴晴特别想见你，她邀请我们周五一起去孤儿院！"

终于说出来了！

我紧张地握着手机，手心都沁出汗来。他会答应吗？其实除了想要完成晴晴的愿望，我自己也很想见他……

"好。"时洛毫不犹豫地答应了，声音带着点儿笑意，"我现在要冲澡，先挂了。"

"嗯嗯。"听到"洗澡"两个字，我脸红地抢先挂了电话，不由自主地点开一个新建相册——"他"。

"他"相册里全是我在网上下载的时洛的照片，有他的杂志封面、写真和剧照之类。我一张一张看过去，在翻到一张粉丝拍的他的上学日常照时，停了下来。

因为是抓拍，只拍到了时洛刀削般的完美侧脸，但还是能看出他面无表情。我没在现场都知道，他肯定是摆着一副面瘫脸！

不过……我微微笑了起来，凑到照片上轻轻亲了下。

我知道，他其实是内心特别温暖柔软的男孩，总会在我无助时，默默帮助我。

2.

周五放学，我看着手机守着时间下课，激动得不得了，除了可以见时洛，还可以在孤儿院住，和回老家一样！

突然屏幕闪了闪，弹出一条时洛的信息："放学后我在街角等你，为了躲记者，今天换了辆白色的车，车牌号是XXXXXX。"

咦！他今天没来学校上课，难道是特地来接我吗？我厚着脸皮想，随即否定了这个可能性接近零的荒谬念头。

他只是不知道孤儿院在哪里吧？一定是这样的！

放学后，我精神高度紧张地出了校门，找到时洛的车也不敢过去，直到用眼睛把四周"扫描"了几次，确定没人跟着我时，我才一溜烟跑过去，以迅雷不及掩耳之势坐到了后座。

我上车后还是趴在车窗上仔细看着外面，不多会儿时洛疑惑的声音传来："慕小满，你做什么，为什么要在前面站那么久？"

"我怕有粉丝或者记者跟着我呀。我当然要眼观四路、耳听八方。"我边说边转头，却在看清时洛那一刻惊呆了。

天啊！他穿了一套黑色西装搭配白衬衫，还特别正式地系了条纯黑色窄款领带，真是好看极了！但是也太夸张了吧，只是孤儿院的小朋友聚会呀！

"时洛，你穿西装啊……"

"很奇怪吗？"时洛不自然地握紧了手，白皙的脸染上点点红晕，"不是参加欢迎会？"

"倒也不是啦。"我扯了扯身上灰扑扑的运动服，心情有些失落，我和他还真是一点儿都不配，"哈哈，我穿成这样，要是和你一起出现会把你的衣服拉低档次的，不然一会儿你先进去，我后进去！"

"所以这个聚会不要求穿正装？"时洛突然出声，让助理把车停到了一个露天停车场。

"我们聚会没姜柠柠她们为你办的庆生会那么高端……"提起姜柠柠家那次庆生会，我有些不自然，之前还没什么，但是意识到喜欢时洛后，就很在意那个人工呼吸……

人工呼吸，嘴对嘴呀……接吻？

"那正好。"时洛笑了笑，打开车门下车，"走吧。"

咦？这里离孤儿院还很远呀！我迷糊地下车，小跑到时洛身边："从这里走到孤儿院，至少要两个小时呢。"

"谁说我们要走着去？"时洛熟练地掏出口罩，然后指了指前方的大型建筑，"我只是去买礼物。对了，孤儿院有多少小朋友？"

原来是买礼物呀！我扳着指头算了算："一共二十个小朋友，你不用买很贵的礼物，不然要花很多钱呢。"

"我不缺钱。"时洛带着我走到一家进口玩具店，声音有些落寞，"我也只有钱了。"

"不对。"我下意识地反驳，"你还有脸啊！"

时洛轻轻地在我的脑门上轻轻敲了敲："慕小满，你脑子坏掉了。"

我这才反应过来自己说了什么，脸蓦地发烫："脸也算你的固定私人资产啦。但你也不只有这些啊。晴晴邀请你，是因为喜欢你这个人，比如你的温暖啦、善良啦……反正特别多！大家都会喜欢你的。"

时洛停住步子："你也这样想？"

"嗯。"我忙不迭点头，"一开始对你的印象确实不太好，但是后来慢慢地，我发现你就是传说中的暖男啊，善良得就像童话故事里的天使一样！"

时洛嘴角抽了抽："当我没说过，先去选礼物吧。"说完他不再理我，认真挑选礼物去了。

我纳闷地揉揉头，我说错什么了吗？不会呀，全是夸奖他的话，而且都是我的真心话呀，绝对没有拍马屁！

选了二十份礼物，时洛还是没有要走的意思，推着推车往二楼服装区走。

我赶紧追上去："你不用给他们买衣服，不知道尺寸的！"

"我给自己买。"时洛指了指西装，"既然欢迎会没要求穿正装，我肯定要穿自己喜欢的衣服。"

天啊！我懊恼地咬住下唇，我太粗心了！怎么没和时洛说清楚呢，他肯定很不舒服。

"对不起啊，我错了！你喜欢什么衣服呀？我送你一套吧，当作道歉！我刚发了工资！"

时洛走进一家运动品牌，看了我一眼："运动服，最普通的那种。"

运动服……最普通的那种……

我的心"咚咚"跳了起来，我的也是普通的运动服呢！要是时洛也穿普通运动服，那我离他是不是会稍微近一些？

不过，五分钟后，我的血液就不再沸腾了，我面无表情地看着换上新运动服的时洛。嗯，他选的是最便宜的套装、最普通的款式，大众到在街上走几秒，都能遇到很多人穿同款。

但是，时洛偏偏穿得像是巴黎秀场最顶尖的设计时装。呜呜呜……说好的人靠衣装马靠鞍呢，明明这是衣靠时洛嘛！

"慕小满。"时洛把手贴在我的额头上，"你的脸怎么突然变青了？"

被你的美貌伤害的！我委屈地往后退了几步，离开浑身散发着魅力的时洛："没什么，我去付款！"

等我们到孤儿院时，院长阿姨和晴晴都还没回来，欢迎会已经布置好了。时洛一下车，就有些拘谨地把礼物送给了小朋友们。

小朋友们都很开心，全都拉着时洛要他陪着一起玩躲猫猫。

时洛看着可爱的小朋友们，神情竟然放松下来，笑得特别灿烂："好。"

"小满姐姐，漂亮哥哥答应啦！你也一起来哦！"其中一个小朋友安安跑过来拉住我的手，说，"我可厉害了，最近都能很快把他们找到呢。小满姐姐，你一定要带漂亮哥哥藏好一点儿哦，不然都不好玩！"

"那当然！"我得意起来，想当年孤儿院里，哪里都被我探秘过了，什么地方不容易被找到，我一清二楚呢！

游戏开始，我看着不知所措的时洛，轻声道："跟我来。"

走到我小时候最喜欢的树洞旁，我猫着腰爬了进去。

这是一棵很老的桂花树，树干有两个成年人合抱那么粗。不过因为孤儿院翻修，这棵桂花树很早就死掉了，树干里面全是空的，正好能容纳两个人藏在里面。

等时洛进来后，我用枯树枝把树洞口盖了起来："这些还是我之前搬进来的呢。那时候要是有人想要领养我，我就会躲在这里不出去，直到领养的人离开。嘻嘻，院长阿姨都没发现我躲在这里呢！"

因为枯树枝盖住了洞口，树洞里很昏暗，只有隐约几丝光线透了进来。但时洛的眼睛亮晶晶的，在黑暗中仿佛发着光："你为什么不想被领养？"

"我也不清楚。"我往树洞里面挪了挪，"大概是想等着我爸爸妈妈回来接我？哈哈，我开玩笑的。我只是觉得我一个人也可以活得很好，嗯，就是这样！"

时洛沉默了，在我以为他不会再开口时，他才轻声道："慕小满，你真是……"

他还没来得及说完，树洞外就传来了脚步声："小满姐姐，我看到你们了，快出来吧！"

安安来了！

我慌忙捂住时洛的嘴巴，眯着眼睛透过缝隙看了几眼。这小机灵，根本没有发现我，而是在花坛后和草丛里找呢。

我的心思一直放在树洞外的安安身上，等安安走远后，我才感到自己和一个温热的物体贴在了一起，手中也袭来阵阵热气。我尴尬地放开手："对不起，对不起，我刚才一时情急就……"

时洛似乎轻轻笑了笑，他一动不动地看着我，说道："你为什么不想让他找到我们，玩游戏不都是要让着小朋友？"

"还不到时候呀。"我撑着下巴道，"尤其是和小朋友玩游戏，你要让他们有被重视的感觉，一下就找到了，没什么乐趣啊。等到合适的时机出去，乐趣可是翻倍的！"

"很有道理。"时洛笑着说，离我不算近，但我的心剧烈跳动起来，声音大到在树洞里听得特别清楚。

我瞬间紧张起来，要是时洛听到，他会不会发现我喜欢他的秘密？或者我是希望他知道，还是不知道呢？

或者……我现在告白好像也不错！趁着只有我们两个人！

就在我张嘴的那一刻——

"我真的找到了哦！"树枝一下被推开，安安满脸笑容地看着我们，"嘻嘻，小满姐姐以为这里还是秘密基地吗？其实我早就发现了，我可是未来的侦探！"

"行啦，知道你厉害。"我也不知道是失望还是松了口气，猫着腰爬出了树洞，"未来的大侦探，想要姐姐奖励你什么呢？"

"不用啦！晴晴和院长奶奶回来了，欢迎会快开始了，有很多好吃的！我吃那些就够啦！"安安抹掉额头的汗，小胖身子像个雪球一样可爱，"不过姐姐一定要奖励的话，下次给我带棉花糖好不好？哈密瓜口味的！"

"好好好。"我抱起安安，对着时洛笑了起来，"我说得对吧。"

"可是……"时洛也微微笑了笑，"我们不是在恰好的时间出来，而是在恰好的时间被找到呢，慕小满同学。"

我的脸瞬间发烫。

漂亮的礼堂点缀着各种颜色的气球，角落里还堆着孩子们亲手折的千纸鹤，原本有些空旷的礼堂现在被挤得满满当当。

欢迎会很热闹，晴晴见到时洛更是高兴得跳了起来，全程都像个小尾巴似的黏着他。

我坐在一旁看得开心，直到十点了才想到一个严重的问题——时洛的助理之前说有事先回去，一会儿再来接时洛，可是现在都还没来！

"时洛！"我赶紧跑到他身边，"你助理还没来！"

"他家里有事，刚刚打电话跟我说了。"时洛随口答道。

天啊，这里晚上没有出租车的啊！不知道他睡在简陋的孤儿院会不会不习惯……我不安起来："那你要在这里睡吗？"

时洛脸色闪过一丝落寞："院长说有多余的床铺，你要是不愿意，我可以叫个车过来。"

时洛要在这里住！我开心得想要飞起来。

"我是担心你睡不惯，这里的床没那么软……不过我是觉得不错啦，科学研究都说睡硬一点儿的床对颈椎好。"

"其实我对这些不讲究。"时洛轻轻说道，我没听清正想问他，他突然伸手抵在我的唇上，"小声点儿，晴晴睡着了。"

他的手指仿佛带电般，瞬间把我定在了原地。我像个木偶般点头，眼睛看天看地就是不敢看时洛。

时洛把晴晴抱回房间后走了出来，递了瓶暖暖的牛奶给我："喝完这个快去睡吧。晴晴梦里在喊妈妈，睡得不安稳，你陪着她睡应该会好些。"

我摩挲着奶瓶，有些不是滋味地压低声音："你对小孩挺温柔的嘛，怎么对我……嗯，对粉丝那么冷淡、恶劣？其实我知道你内心很善良，你为什么要故意在大众面前把真实的自己隐藏起来呢？要是你展现真正的自己，早就成大明星了。"

时洛定定看了我一会儿，突然双手撑住阳台，抬头看向星空。

"我不想当明星，也不希望有那么多人喜欢我，所以故意表现得很恶劣。但是很奇怪，除了出道时有些人黑我，后面大家竟然把冷淡恶劣当成了我的个性，觉得非常有魅力，喜欢我的人越来越多。"

"你为什么不想当明星呀？有那么多人喜欢多好。"我走到时洛身边，学着他的模样看向星空，满天璀璨的星星真是好看呀。

时洛笑了起来，睫毛扑扇扑扇的："我不需要那么多人喜欢我，只要我喜欢的人喜欢我，那就够了。"

喜欢的人？他已经有喜欢的人了吗？那个人……会不会是我，哪怕只有百分之零点一的可能性？

我扭头看着他有些落寞的脸色，张张嘴想问，却再次被打断。

"呀，你们在这里！"身后传来安安的声音，我回过头见他抱着枕头，双眼狡黠地看着我和时洛，"院长奶奶让我带漂亮哥哥去房间，我找了好久呢，没想到你们像电视剧里的男生女生一样在阳台看星星哦！"

我差点儿没吐出一口血来，慌忙爬过去捂住安安的嘴："你平时不好好学习，都看些什么呢？不许乱说话哦。"

"我才没有不学习。"安安推开我的手，说，"只是学习之余看会儿电视嘛，而且我也没有乱说呀，你们是在一起看星星啊，可亲密啦！"

这倒霉孩子！我被他呛得脸红，更加不敢看时洛了："那我睡啦，你也去吧！晚安！"

说完我飞一般跑开了。

哼！明天我一定要建议院长阿姨限制下安安看电视的内容！

第二天我难得睡了个懒觉，起来时晴晴告诉我时洛早上已经走了，还给我留了话，说是下周他要拍戏，不会去学校了。

我失落极了，难道又要等拍真人秀的时候才能见到他吗？

还有好久哦……

3.

周一我瞪着熊猫眼去了学校，太过思念时洛的后果就是，我花了两个通宵，看完了他主演的一部电视剧！

说实话，时洛虽然不想当明星，可他的演艺细胞真是与生俱来，对女主角真情告白的几场戏，让我羡慕不已！

"小满。"突然身后传来熟悉的声音，我纳闷地回头，就被一束含苞欲放的百合花挡住了视线。

什么呀？这么大束花……

"我喜欢你，做我女朋友好不好？"过了会儿，花束移开，一张清俊的脸出现在我眼前。

可是他说的话我怎么没听明白呢？我惊恐地看着时澈："时澈同学，你认错人了吧……我是慕小满！"

"是呀，我喜欢的是慕小满啊！"时澈羞涩地笑着，再次把花递给我，"其实从第一次见面起，我就觉得你可爱极了，后来又被你坚忍不拔的精神所吸引，我觉得你就像百合花般纯洁美丽。我……真的很喜欢你！"

天啊！

我吓得往后连退了几步，全身都冒起了鸡皮疙瘩。时澈不会是三面怪吧！太肉麻了。

我咳了咳："时澈同学，抱歉，我绝对不是百合花！我保证我就是狗尾巴草……你还是把花送给别人吧，我谢谢你了！"

说完见他还想说什么，我立刻脚底抹油，一溜烟跑了。总觉得今天的时澈怪怪的，太可怕了！

没想到我才跑到教室，时澈又阴魂不散地出现在教室门口，手里提着个芭比娃娃的便当盒："小满，这是我做的爱心便当，保温二十四小时哦，你中午吃也是暖暖的。"

我僵住了，耳边全是同学的惊呼声，羡慕嫉妒的话几乎要把我吞没。

可是——

拜托，真的不浪漫啊，而是好惊悚！

我攥紧拳头，大步走到时澈面前，说道："时澈同学，我不管你是怎么了，但是我不喜欢你，也不会和你在一起。当然，如果只是做朋友，那还是可以的。"

时澈微微皱了皱眉，下一刻笑容不变地说道："没关系啊，我们可以先从朋友做起，以后你总是会被我打动的。因为我，非常非常喜欢你哦。"

这时上课铃响了起来，我仿佛抓到救命稻草般："上课啦！你快走吧！"

"好。"时澈强硬地把便当塞到我手里，转身往他的班级跑，"午休我来找你，我们一起吃饭，你要等我。"

我对着他的背影摊摊手，天真！我怎么可能会等你啊！

最后一节课下课铃刚响，我就把时澈的便当盒放在桌上，提起我自己的便当盒落荒而逃，一口气跑到了天台。

没想到一上来就看见了苏也秋，她一见我就扬起了诡异的笑容："小满，不错哦。"

"不错什么？"我郁闷地打开饭盒，想起时澈的事，顿时连胃口都没有了。他到底怎么了，为什么突然说喜欢我呢？

"时澈和你告白的事，全校都传遍了，你别想否认！"苏也秋晃着双腿，羡慕地看着我，"时澈可是除了时洛外，月见学院的第二人气王哦，长得帅，脾气好。我要是一开始遇到的是时澈，我肯定会喜欢他，才不喜欢牧星呢！"

我不想再听到"时澈"两个字，赶紧转移话题："哎，你和牧星现在怎么样了？"

苏也秋眼眸暗了暗，脸上却强撑起笑容："我还是很难受，不过已经很努力克制自己不去想他。虽然现在我还是很喜欢很喜欢他，但时间是良药嘛，慢慢来，我总能忘掉他的。"

是吗？我看着苏也秋一脸想哭的表情，总觉得她办不到……就像我也很努力克制自己不去想时洛，可还是睡不着，爬起来疯狂搜索他的视频。

有时候，许多事是努力也无法办到的吧……

下午放学，我本想约苏也秋去散心，谁知道一出教室，就遇到时澈微笑地看着我："午休时我来晚了没找到你，所以下午我特意提前和老师请了一节课的假等你。"

"哇，好深情！"

"天啊，我的少女心爆发了。"

"如果是我，肯定感动极了！"

"是呀，而且时澈还那么帅，慕小满好幸福哦。"

……

听着周围充满羡慕的声音，我的头都快炸了，时澈到底想做什么呀？

我把他拉到一边，严肃地说道："我真的不可能喜欢你，你做什么都没用的。"

"我知道。可是你说我们可以做朋友。"时澈眨巴着无辜的大眼睛，"我现在是以朋友的身份在等你啊。"

我苦着脸，弱弱地道："那朋友你找我有什么事吗？"

时澈满脸阳光地看向我："我想请你吃饭，而你也不能拒绝哦。"

"为什么？"我瞪大眼睛，我有一百种理由拒绝好不好！

"因为……"时澈停顿了下，瞥了我一眼才继续说，"我们是朋友嘛。"

我差点儿没咬断自己的舌头。

慕小满呀慕小满，你为什么要说"做朋友"这种蠢话呀！傻了吧！看你现在怎么办？

无奈之下，我最后还是答应了时澈，和他一起吃饭。只是我万万没想到，吃饭的地方竟然是时澈的家！

我呆若木鸡地下车，心里忐忑起来。

天啊，时澈不会为了展示他优秀的形象，特意下厨给我做什么爱心牛排、鸡排之类的吧？

昨天我熬夜看的时洛主演的青春偶像剧，里面就有一幕是时洛为了讨得女主欢心，笨手笨脚地下厨做饭，竟然把厨房炸了……

"扑哧——"

想起时洛笨手笨脚的模样，我不由得笑了出来，心情也豁然开朗。算啦，反正不管时澈想做什么，我都兵来将挡，水来土掩。

"慕小满？"突然时洛从楼上走下来，满脸惊喜地看着我，问道，"你怎么来了？"

时洛在家！

我惊喜极了，正想开口说话，就被时澈冷冷地打断了："我请我喜欢的女生回来吃饭，不需要和你报备吧？小满，来，坐这里。"

喜欢的女生？我的脸一下变得煞白，全身的血液都仿佛冻住了，他在时洛面前说喜欢我，时洛会怎么想呢？

时洛震惊地看了我一眼，沉默了许久都没说话。

他这是不在意吧？

我的眼圈顿时红了，默默走到餐桌边，垂着头不说话。

时澈轻轻笑了声，走到我身边坐下，体贴地让保姆给我先盛碗汤："小满你胃不好，饭前先喝点儿汤暖胃再吃饭。"

"谢谢。"我不知道时澈从哪里得知我胃不好，只好尴尬地接了过来。

"我们之前不用说谢谢的。"时澈说着又往我面前的盘子里夹菜，"小满，你以前一个人生活，肯定很辛苦，你那么好的女孩子，应该有一个能照顾你的人，一个能给你家的人。不过我说的这个家可不是用金钱买的冷冰冰的房子哦，而是有家人的房子。你孤单了这么多年，一定也很想要很多很多的家人吧？"

"我吃饱了，你们慢用。"时澈的话音刚落，时洛就放下筷子起身，转身上了楼。

我心疼地看着他动都没动过的米饭，有些心疼。他一点儿东西都没吃呢，这样对身体很不好呀。

"小满，你怎么不说话？"时澈完全不在意时洛，仍然殷勤地给我夹菜。

我皱了皱眉，也放下筷子起身说道："就像你说的，我一直一个人生活，所以我自己足够独立和坚强，不需要别人的照顾。虽然我不知道你为什么会突然说喜欢我，但是我可以很肯定地告诉你，我绝不可能喜欢你，因为我有喜欢的人。"

时澈怔了怔，倒也没有难过，反而热心地开口问道："你喜欢谁呀？我也许可以帮你。"

"谢谢你，不过我不需要你的帮忙。"我咬着下唇，鼓起勇气道，"因为我喜欢的人，是时洛。"

时澈露出一副"果然如此"的表情，他先是笑了笑，后又皱眉道："可是怎么办呢？小满，时洛喜欢姜柠柠啊！"

什么！时洛有喜欢的人？而且还是姜柠柠！

我身子晃了晃，顿时头晕目眩起来。

我不信……我不要相信……

"你不相信？"时澈哼了一声，"我捡到他的情书了，现在就拿给你看！"说着他从书包里把一封泛着淡淡橘子味的信拿了出来，捏着信的一角递到我眼前。

我努力瞪大眼睛想要看清楚，却在看到"喜欢""你愿意做我女朋友吗"时，视线模糊起来。我肯定是做梦！这一切都是假的……

时洛他……怎么会有喜欢的人了呢？我都还没有告诉他，我喜欢他呀……

"还不信？"时澈摇了摇头，把信叠好，突然对着楼上喊道，"时洛，你是不是掉了一封信？"

时澈刚刚喊完，时洛就从楼上急急跑了下来，一把夺过他手中的信，慌张地看着他："你看了没有？"

"啧，我可没有看别人信的习惯。"时澈说着对我眨眨眼，那表情明显就是在说，"信了吧！"

我差点儿把下唇咬破，在看到时洛小心翼翼地把信放在口袋里时，心一下就碎了。原来他喜欢的人真的是姜柠柠，所以才会这么重视这封表白信吧？

也是，他们两人那么相配，一个是王子，一个是公主。而我，不过是灰头土脸的穷丫头，有什么资格去奢望王子的爱呢？

我把即将掉下来的眼泪憋了回去，强撑起笑容，说："时澈，谢谢你的招待，我已经吃饱了，就先回家了。"

说完我背好书包，一步一步离开了这栋漂亮的别墅。

4.

我走了半个小时，视线里再也看不到别墅了，泪水终于夺眶而出，大滴大滴砸在手背上。

时洛，怎么办？我要怎么才能不喜欢你呀……

这时豆大的雨滴砸了下来。我无语地抬头望天，都说屋漏偏逢连夜雨，老天你也太应景了吧，我刚失恋，你就来场暴雨！

算了！我一边抹泪水，一边抹雨水，反正已经那么糟糕了，就这么淋着回家吧，总之不会更倒霉了。

我像个木偶一样在雨中慢慢走着，没多久就淋成了落汤鸡，路上也越来越多积水。我看了看已经泛白的鞋子，还是舍不得把它泡坏，就想走到旁边的台阶上，没想到因为水太脏，我没看清，一脚踩空就这么跌了下去。

"啊！"我揉着摔痛的肩膀撑起身，看着排水沟那没有放好的盖子。

心跳
薄荷之夏

果然祸不单行，竟然连过排水沟都能踩空……还好是个小水沟，不然不被摔死，也会淹死……

我正想起身，手不小心碰到了一个有点儿软的东西。我好奇地捡起来，发现是个牛皮纸包裹的文件夹，看来很贵重的样子，竟然用上好的牛皮纸包着。

我爬上去四周看了看，发现并没有人，只有一家还开着的便利店。我叹了口气，小跑过去站在便利店的屋檐下。

这么重要的东西，失主应该会回来找吧？

等了大约十几分钟，果然有辆车开了过来，一个长相儒雅的中年男人撑着伞下车直奔便利店，没多久又白着脸走了出来。

我把文件袋藏在身后，走到男人面前："叔叔，你是找东西吗？"

闻言，男人的眼睛亮了起来："是啊，小姑娘你有没有看到一个黑色牛皮纸包着的文件袋？里面有一份……"

不等男人说完，我就放心地把文件袋拿出来递给了男人，说道："叔叔，是这个吗？"

男人惊喜地接过袋子，对我不停道谢："是是是，刚刚我来便利店买东西，没想到它就从我包里掉了出来，还好小姑娘你捡到了。这是一点儿小意思，就当感谢你。"

我看着支票上的好几个零，眼睛都瞪圆了，十万块还是小意思？

我赶紧摆摆手，拒绝道："真的不用，我也只是碰巧捡到而已，谢谢叔叔的好意。"

男人赞赏地看了我一眼，把支票收了回去："好吧。但是现在下那么大的雨，你就让我送你回家吧。这份文件对我特别重要，你一点儿谢礼都不要，我会很不安心。"

138

我犹豫地看了看越来越大的雨："叔叔，我现在就是落汤鸡，您的车那么高级，我……"

"那，支票和送你回家，你选一个。"男人哈哈笑了起来，"这谢礼，我一定要送出一个。"

我见推辞不得，只好扭了扭还在滴水的衣服，说道："那麻烦叔叔送我回家啦。"

我小心翼翼地上了车，在后座的一角坐下，唯恐弄湿了这看起来很高级的车。

这时我踩到了一个硬硬的东西，我慌忙移开脚低头看去，发现是个有些褪色的小木马。

小木马？

我纳闷地捡起来，却在看到木马上的三个字时激动起来：送芒芒。

这是我小时候送给芒芒的小木马啊！怎么会在这里？

我赶紧举着木马问男人："叔叔，请问您知道这个小木马是谁的吗？"

"小木马？"男人皱着眉想了一会儿，突然笑了笑，说道，"应该是我女儿的。"

女儿！

我惊喜极了，忙不迭开口问道："叔叔，请问您女儿以前有没有去过'暖心孤儿院'？"

"咦？"男人吃惊地停下车，回头看着我，说，"我就是在那里领养了我女儿，你怎么知道？"

是芒芒！真的是芒芒！

我吸了吸鼻子，眼泪"啪嗒"掉了下来："叔叔，我也是'暖心孤儿院'

的孩子，是芒芒小时候的好朋友，这个木马还是我送她的呢！只是后来我联系不到她了！"

"原来你是我女儿的朋友。"男人也高兴极了，和蔼地拍了拍我的头，"那你和叔叔回家吧，柠柠看到你一定很开心！"

"嗯！谢谢叔叔！"我拼命点头，眼泪不停往下掉。总算山重水复疑无路，柳暗花明又一村。

虽然今天失恋了很倒霉，但是我得到了好朋友的消息，也许找到芒芒是失恋的补偿吧！

真好……不是一切都那么糟糕！

我捏紧小木马，把眼泪全部擦掉。

慕小满，你要坚强起来，一切都会好的！

嗯，一定会好起来的！

第七章

公 主 不 是 天 生 的

心跳
薄荷之夏

1.

豪华的车厢里，芒芒爸爸微笑着听我说小时候我跟芒芒的事情，而我一直沉浸在找到小时候朋友的激动里。

大约过了半小时，芒芒爸爸在一栋有些眼熟的别墅前停下车。

我惊疑地下车，虽然我记性不算好，但是那个游泳池我记得可清楚了，是时洛庆生会时我掉进去的游泳池，也是时洛给我做……人工呼吸的游泳池！

难道芒芒也住在这栋别墅里？

不可能吧？这个不是姜柠柠的公主城堡吗？怎么可能里面会有为了一个小木马就幸福不已的芒芒呢……

"爸爸你回来啦！"突然门打开了，姜柠柠蹦跳着走到芒芒爸爸身边，看到落汤鸡般的我，她先是一愣，随后眉毛微微上挑，"慕小满，你怎么在这里，还淋成这样？"

我一时间有些语塞。

姜柠柠叫这位叔叔"爸爸"，那她竟然真的是芒芒！

"柠柠，你还认得出她吗？"芒芒爸爸亲昵地刮了刮姜柠柠的鼻子，"她是你在'暖心孤儿院'的好朋友哦，开心吧？"

姜柠柠的瞳孔蓦地放大，她不可思议地看着我，语气里满是惊讶："什么？"

我咬着下唇，心里涌起一股矛盾的情绪。一方面找到芒芒，我很开心；可另一方面芒芒偏偏是姜柠柠，是时洛喜欢的人……我竟不知道自己此刻应该是难受还是开心。

犹豫片刻后，我把小木马递到姜柠柠面前："芒芒……姜柠柠，你还记得我吗？小时候送木马给你的好朋友。"

姜柠柠的脸色顿时煞白，她看了她爸爸一眼，猛地上前抱住我："天啊！竟然是你！我都不知道……小满，对不起，我都没第一眼认出你。难怪我觉得你那么面熟呢！"说着说着，她的声音有了哭腔。

我瞬间愧疚起来，慕小满，你太差劲了！那么多年没见的幼时好友，你竟然因为时洛而嫉妒她！

"小满，你不原谅我吗？"姜柠柠放开我，泪眼迷蒙地拉住我的手。

感受到她的手在颤抖，我慌忙握紧她的手，惭愧得红了眼眶："不不不，是我不好，不关你的事。而且我也没有认出你呀，要不是遇到叔叔，发现这个小木马，我也不可能知道你是芒芒呢。"

"嗯。"姜柠柠擦掉眼泪，对着她爸爸撒娇道，"爸爸，我带小满回房间聊天啦，你让厨房给她做点儿姜汤好不好？她淋成这样，我担心她生病呢！"

姜爸爸点点头，和蔼地拍了拍我的头："小满，你别客气，既然你是柠柠的朋友，就把这里当作自己家，先让柠柠带你去衣服，一会儿我让人把姜汤送上去，千万别感冒了。"

"谢谢叔叔。"我鼻子泛酸，找到小时候的朋友真好！

跟着姜柠柠到了她的房间，我一眼就看到了摆放在显眼处的芭比娃娃和航模，那是时洛送的芭比娃娃……

我拼命压下心里的酸涩，笑着拉住姜柠柠的手："以后叫你芒芒还是柠柠好呀，你喜欢哪个？"

姜柠柠神色复杂地瞥了我一眼，突地把我的手甩开："多少钱？"

"什么？"我呆住了，整个人僵在原地。

"你想要多少钱？"姜柠柠把小木马扔到我面前，冷冷地开口，"只要你不把这件事说出去，我可以给你很多很多钱。一万、两万，还是十万？"

我赶紧捡起小木马，见它没摔坏才舒了口气："抱歉，芒芒你的意思我不明白。"

"别叫我芒芒！"姜柠柠把手捏得咔咔响，漂亮的脸上此刻带着狰狞，"我叫姜柠柠！我是姜柠柠！"

原来她是不喜欢小时候的名字……

我有些失落，但还是强撑着笑容道歉："对不起呀，我现在记住了，以后都会叫你柠柠的。"

"不是以后。"姜柠柠突然哭了出来，豆大的泪滴落在地毯上，"是一直……我从来都不是芒芒，一直都是姜柠柠，你到底明不明白？"

我迷茫地摇了摇头。芒芒是父母双亡后被送到"暖心孤儿院"的，不可能是姜家丢掉的孩子呀，她为什么要说她一直是姜柠柠呢？

"你别装糊涂。"见我摇头，姜柠柠擦掉泪水，走到桌边拿起她的钱包，抽出一张银行卡递给我，"这卡里有五万块，密码是初始密码，如果你觉得少，明天我还会给你五万。只要你能忘掉世上曾经有过一个叫芒芒的女孩。"

我微微张了张嘴，这才明白姜柠柠的意思。

她不想有人知道她是孤儿院出来的孩子，更不想丢掉她现在的身份。可是，为什么呢？

我把银行卡推回去，不解地道："从孤儿院出来的怎么了？小时候，我们在孤儿院也玩得很开心呀。"

"那是你。"姜柠柠指着身上的连衣裙道，"你知道这条裙子多少钱吗？两万块！以前在孤儿院，我只能穿别人捐赠的旧衣服。可是现在，我是姜家的公主，只要我高兴，商场都能买下来。所以别提我以前在孤儿院开心，我根本不开心！那是我的耻辱！"

"你怎么能这样说呢？"我气得满脸通红，想起小时候院长阿姨给我们包饺子、缝衣服……现在她竟然说那段时光是耻辱！

"我为什么不能？如果当时被领养的是你，你现在也和我一样！"姜柠柠把我推靠在门上，扯着我的衣领哭道，"因为你没有拥有过，根本不知道公主和孤儿生活的差距。我不能让别人知道公主姜柠柠，其实曾经是个乞丐般的孤儿！"

我惊呆了，看着一直像公主的她哭成个泪人，心里只觉得陌生又失落。过了片刻我才轻轻把姜柠柠推开，说道："我明白了，你放心，我绝对不会把你的'曾经'说出去。"

姜柠柠深深看了我一眼，再次把银行卡递到我面前："那你收下这钱，不然我不放心。"

我小心翼翼地把小木马放回书包，对着姜柠柠摇头说道："也许你认为几万块很值钱，但在我心里，小木马比你的钱值钱多了。你放心吧，你现在把小木马还给我，那表示我们不再是朋友了，所以你也不是芒芒。"

"很好，我确实也不想和你当朋友。"姜柠柠微笑着从衣柜里选了条裙子递给我，"这算是给你的谢礼吧，新款，还没穿过。"

"不用，谢谢了。"我突然觉得胃里翻江倒海般难受，再也不想多看姜柠柠一眼，飞快地开门跑了出去。

2.

我一鼓作气跑出姜家，直到看到雨后的夜空，心情才稍微平静了些。我扯了扯还有些湿润的衣服，不知道明天会不会感冒呢……

我吸了吸鼻子，一边原地小跑取暖，一边等出租车。只是等了十多分钟，在第五辆私家车经过时，我才反应过来，这里是富人区，根本不需要出租车！

我看看手机屏幕上的时间，九点了，不禁心慌起来，我不认识路啊，而且富人区离我家好远，走到天亮，也许才能到……

可是我好冷，牙齿控制不住地打战。我纠结地对着屏幕上时洛的电话号码看了许久，在冷得快麻木时，终于还是按了下去。

怎么说我和他也是搭档，要是生病了会影响下周的比赛……绝对不是我还对他有什么期待！

"小满？"电话响了两声，那边便响起了时洛的声音，间或还有书页翻动的声响。

他在温习呀，我的心瞬间柔软起来，有种岁月静好的安心感觉，之前烦躁的情绪一扫而空。

"咳咳咳……"我正想开口，却突然剧烈咳嗽起来。

天啊，感冒来得这么快？

"生病了？"时洛的声音有一丝波动，隔着电波，我有些听不真切，但是听起来真温柔呀。

我顿时矫情起来，委屈地道："时洛，你能来接我吗？我打不到车。"说完我几乎起了一身鸡皮疙瘩。

慕小满，你清醒点儿啊！明明独立自强了那么多年，怎么遇到时洛就变了呢，那么娇气……好恶心啊！

"你知道你在哪儿吗，周围有没有特色建筑或者标志？"时洛说完，手机里就传出车子启动的声响。

我吓了一跳，时洛动作也太快了吧！

"时洛，你不会要自己开车吧？你有驾照吗？"

"傻瓜。"时洛轻轻笑了起来，"我骑的是摩托车。"

"哦哦……"感觉还是有什么不对劲，不过我越来越冷了，只好抱紧自己，"我在姜柠柠家不远的地方，这里有个石雕的大狮子，特别好看那种。"

"好，你站在原地别乱走，顺便把手机定位打开，我马上到。"时洛说完就把电话挂了。

我呆呆地看着手机，控制不住地弯起嘴角，有人可以依靠的感觉真好呀！

半个小时后，时洛帅气地在我身边停下来时，我总算想起来哪里不对劲了："天啊！摩托车也是要驾照的！时洛你……"

"情况紧急，下次我不会了。"见我冷得发抖，时洛皱了皱眉，脱下风衣披在我身上，"你淋雨了？"

"一点点而已……"感受到风衣上的暖意，我不由得心跳加快，"那你答应我，下次别做那么危险的事，要遵守法律法规！"

"好。"时洛毫不犹豫地点头，双眸里盛满了关心，"先上车，要赶快把湿衣服换掉。"

"嗯。"我吸着鼻子点头，小心翼翼地跨上去，离时洛十几厘米远，唯恐碰到他的衣角。

时洛看了我一眼，突然把我拉过去，将我双手放在他的腰上："我又不是魔鬼，怕什么？"

隔着薄薄的衬衫，我能清晰感到时洛背上灼人的温度，脸一下红了起来："我的衣服还没干，我怕把你的衣服弄湿了，害你感冒。"

虽然话是这么说，我的手臂却很诚实地圈住了时洛的腰，果然……我变得厚脸皮啦……

时洛笑了笑，启动车子："我没那么弱不禁风。你抱紧了，用风衣盖着头，千万别再吹风。"

"嗯。"我小声应着，把脸贴在时洛的背上，幸福极了。

神啊，如果这种幸福只能在此刻拥有，那么我能祈祷这条路没有尽头吗？

可是现实很残酷。

"到家了。" 过了一会儿，时洛停下车。

我晃了晃宛若千斤重的头，猛地从车上栽了下去，摔倒在地："啊！我的头！好疼！"

时洛慌忙下车扶起我，手忙脚乱地揉着我的额头："没事没事，不疼不疼，没磕到。咦……怎么这么烫？"

"不知道，我有些晕。"我努力睁大眼睛，对着时洛笑了笑，"没事啦，估计有点儿发烧，回去睡一觉就好啦。"

"不行，我送你去医院！"时洛的脸色严肃起来，他想要把我扶上车。

我立刻把头摇得像拨浪鼓。只要去医院，哪怕是一点儿小毛病，都要捣鼓半天，我才不去呢！

"乖，别任性。"时洛放缓声音柔声道，"药不苦的。"

"扑哧。"我一下笑了出来，时洛这是把我当孩子哄呀。

"我不是怕吃药，回家熬点儿姜汤喝，明天就能好，不用去医院啦！"

时洛轻轻叹了口气："好吧，那我帮你熬，确定你降温了我再走。"说完不等我反应，他直接把我抱在怀里，大踏步往我家走去。

我呆呆地看着他，忍不住有些脸红。从这个角度看过去，他的脸色分外温柔，如雕刻般的侧脸像是镀了一层柔光，直直地照进我的心里。

他这样真像他演的偶像剧里的校草！一个字，帅！两个字，太帅！

进了屋，他脸红地拿着手机搜索食谱："虽然我没下过厨，但是我会严格按照食谱步骤熬姜汤的。你先去泡热水澡，换身干净衣服，出来就能喝姜汤了！"

我看了看我家麻雀虽小却五脏俱全的小厨房，暗暗祈祷我出来时它不会被炸掉。毕竟时洛虽然长得帅智商又高，可他是第一次下厨，还真是让人担心呢！

泡在热水里，全身细胞都在叫嚣着"好舒服"，我靠在浴缸上，听着屋外叮叮当当的声音，不由得困倦起来。好困呀，我睡一会儿再起来好了。

我缓慢合上眼皮，感觉身子都变得轻盈起来，像一片羽毛在空中飘荡着，没有束缚也没有目的……

"小满！能听到我说话吗？你再不回答，我就撞门了！"

朦胧中，我似乎听见了熟悉的声音在叫我。

我还有些飘飘然，脑子却已经开始慢慢思考他为什么要撞门呀，修门很费事的，尤其是我加浴室的破门……

咦？我家的浴室门很破！

我猛地清醒过来，瞪圆眼睛看向门口："啊！不能撞，没钱修啊……"

我的话没说完，门就被用力推开了。时洛穿着围裙，手上还拿着汤勺，脸色惨白地冲到浴缸边。在听到我的尖叫声后，他才仿佛惊醒过来，整张脸变得通红，慌忙转过身去："对不起，对不起，我以为你……不是不是……我什么也没看到，我去熬汤……"

我目瞪口呆地看着时洛慌乱地跑出去，全身的血液顿时全冲到了脸上。

天啊！刚刚发生了什么？他看到了什么？

不过，有那么多泡泡……应该什么都看不到吧？

是吧！一定是的！

我顾不上多想，慌忙换好睡衣，以迅雷不及掩耳之势冲出浴室，扑到床上用棉被把全身盖得紧紧的，大气都不敢出。

天啊，接下来我要怎么面对时洛啊？

"别乱想，我真的什么也没看见，全是雾气和泡泡。"

正当我纠结不已时，时洛的声音突然响起。

我吓了一大跳，屏息想要装睡着，没想到时洛又轻轻笑了笑，说："我知

心跳薄荷之夏

150

道你没睡着，快起来把姜汤喝了。"

我小心翼翼地探出头，小声问道："真没看见？"

时洛把姜汤递过来，脸上有着淡淡的红晕："真的，快喝吧。"

好吧……其实就算他看见了，也没什么大不了的。

我垮着脸瞥了胸前一眼，反正……也是个平板！

我接过姜汤，小口小口喝了下去。姜汤又辣又烫，我顿时被辣出了眼泪："天啊，时洛你放了多少姜块？"

"厨房的全部。"时洛挠了挠头，"姜汤浓一些效果好，那什么……你快睡吧，把被子盖好。等你降温了，我再回家。"

"不用啦，你先回去休息吧，都这么晚了。"我瞥了眼闹钟，已经十一点了，时洛平时那么累，肯定很需要休息。

时洛摇摇头，认真帮我掖好被子后才轻声道："睡吧，什么都不要想。"说完他把灯关了，只留了沙发边的一盏落地台灯。

"哦。"姜汤带来的暖意暖暖地游遍我的全身，勾起了我的睡意。我瞥了坐在沙发上看书的时洛一眼，安心睡了过去。

原来生病时有人照顾是这种感觉。

真好！

第二天我醒来时，金色的阳光早已铺满了房间，暖洋洋的特别舒服。姜汤还真管用呢，我现在全身都很舒畅，一点儿生病的样子都没有了。

不过，时洛走了吗？我瞪大眼睛在屋里环视了一圈，果然没有人，看来我降温后他就回家了。

我打着哈欠懒洋洋地起床，却不小心瞥见了闹钟上的时间。天啊！竟然已经九点啦！今天第一节是英语老师的课……

完了……真倒霉，我明明调了六点半的闹钟呀，怎么没响呢？

我懊恼地拿起闹钟，却发现下面压着张字条。哇……好清秀的小楷，是时洛写的吧！

我好奇地拿起字条：

小满，为了让你睡个好觉，闹钟我关掉了。你不用担心，我已经帮你请假了。对了，我还熬了点儿小米粥，放在保温桶里，你醒来可以吃。附：味道不错，可以放心吃！ 时洛留。

我瞬间鼻子泛酸，我真是没喜欢错人，时洛他真的好好哦。

我打开保温桶盖，满足地嗅了嗅，一股香甜的糯米香传来，沁人心脾。

我只用闻闻，就可以断定这一定是世界上最美味的小米粥！

中午吃完饭后，我正准备睡个美美的午觉，手机响了起来。我纳闷地看着跳跃的未知号码，奇怪，最近怎么总有未知号码来电呀？

"您好，请问是慕小满同学吗？"接通后，电话里传来礼貌的女声。

我咳了咳："是的，请问您是……"

"是这样的，我是《薄荷一夏·青春最上游》节目的工作人员，这周我们要拍第三期比赛，可因为牧星受伤了，他的搭档苏也秋也自动退出，所以节目组临时换了一组搭档，导演让我通知一下你。"

苏也秋自动退出比赛？我心里闪过一丝不安："请问替补的是谁呀？"

"就是月见学院的时澈同学和姜柠柠同学。据月见学院的校长说，他们俩也都非常优秀呢！"

居然是他们！

我吃了一惊，和工作人员寒暄了一会儿后就挂了电话，可是内心的担忧怎么也挥散不去。

不行，我要去找苏也秋，都已经拍了两期了，她为什么要突然退出？太可惜了。

我拿出手机，拨通了苏也秋的电话，可是一直没人接。我皱了皱眉。

算了，电话里也说不清，我还是去学校找她吧！

为了赶在下午上课前到学校，我又咬牙下血本坐了出租车，到学校时还有半小时才上课。只是我才走到校门口，就被挂着拐杖的牧星挡住了。也不知道他是从哪里跳出来的，突然出现吓了我一大跳。

"喂，苏也秋在哪里？"牧星气得脸通红地瞪着我，"她为什么一直不来看我？我在医院等了那么久！我去她班上找她，她今天竟然还没来上课！"

咦！苏也秋今天也没来上课？我眉毛跳了跳，心里烦躁起来。尤其看到牧星这副自大的模样，我就更来气："之前她喜欢你，当然会去看你。现在她不喜欢你了，自然也就不会去看你了。"

听了我的话，牧星明显更气了，眼里的火光像是要跳出来："她为什么不喜欢我了？喜欢我就要一直喜欢！"

看看这人有多霸道！

我忍不住故意气他："你之前对她那么恶劣，每次都让她伤心让她哭，她当然不会再喜欢你啦！"

"我不管，我一定要找到她问清楚。"牧星捏紧拳头，眼睛里却浮起了些许茫然，"只是……我不知道在哪里可以找到她……"

听到牧星这样说，再看看他有些失落的样子，我脑中闪过一个大胆的念头："你……你喜欢也秋？"

闻言，牧星脸红得快要滴血，他梗着脖子，气呼呼地道："喜欢又怎么啦！就只准她喜欢我，不许我喜欢她吗？"

天啊，牧星喜欢上苏也秋了吗？

我震惊极了，同时也为苏也秋开心，她那么喜欢牧星，要是知道这个消息，肯定很开心。

眼前的牧星似乎有些难以置信，他没说话愣在那里，仿佛还在消化我说过的话。

"好吧，既然你喜欢她，那我就帮你找到她。"我拍了拍他的肩膀。

"真的？"牧星的眼睛亮了起来，他有些别扭地道，"谢谢你。"

我撑着下巴思考起来，苏也秋不接电话，也没在学校，到底会在哪里呢？她……

咦！有了！

我激动地看向牧星："除了田径场，你还会在哪里练习跑步？"

"除了田径场……"牧星认真思考了一下，"学校后面有个废弃的操场，为了安静，我很喜欢去那里练习。"

"那也秋有可能就在那里呢。上次在医院，她说她经常偷看你练习。"

我说完，牧星一下激动起来，撒开脚丫子往后跑。

我看得心惊，忙追上去："哎，你的脚……"

牧星没有搭理我，拄着拐杖走得飞快。我第一次知道居然有受伤的人比正常人走得还要快。

到了废弃操场，果然一眼看见了坐在观众席的苏也秋，她呆呆地坐在那里，双眼无神地看着前方，看起来可怜极了。

牧星拄着拐杖快步走到她面前："苏也秋！"

"牧星……"苏也秋瞪圆眼睛跳了起来，看到我后眼睛又瞪大了一些，"小满……你们怎么来啦？"

"我……"

"这个不重要！"我才开口，牧星就打断我大声说道，"你为什么不去医院看我？"

苏也秋的眼眶红了，她垂下头小声道："我为什么要去看你呢？你不是不喜欢我嘛，所以我现在也不喜欢你啦……"

牧星顿时气得全身发抖，他猛地扔下拐杖，上前几步把苏也秋推到柱子上，低头霸道地吻上了苏也秋。

我被这变故惊呆了，张大嘴巴僵在原地。

天啊，我现在是不是应该走开，别当个大号电灯泡？

没想到我才抬起脚，苏也秋就哭了出来，一个过肩摔把牧星重重摔在地上，发出沉闷的声响。

苏也秋却像没看到似的，捂着脸跪到地上呜咽起来："牧星你想干吗？我就那么让你讨厌吗？你要这样要我……如果是因为我喜欢你，那我现在不喜欢了还不行吗？"

牧星躺在地上没说话，左腿微微抽搐着。

我吓坏了，赶紧拉起情绪失控的苏也秋："也秋，你别这样，牧星他还受着伤呢，你刚刚好像摔到他的腿了……"

我的话还没说完，苏也秋就抬起头，泪眼模糊地扑到牧星身边，无措地看着他说道："牧星……对不起，对不起，你的腿……疼吗？我马上打急救电话……"

牧星呆呆地看着苏也秋，过了半晌，突然抬手轻轻拭去她脸上的泪："我没事。只是我想告诉你一件事。以前我很烦女生哭，但是看到你哭，我不仅没有觉得烦，反而还很心疼。你不来看我，我也特别难过。苏也秋，你听好，我想，我是喜欢上你了。"

苏也秋震惊得忘了哭泣，她难以置信地在脸上重重捏了一下："啊，疼，不是梦呀……"

"傻瓜，不是梦。"牧星心疼地把她搂在怀里，"是真的，我喜欢你。你能原谅我之前恶劣的态度吗？"

"呜呜呜……"苏也秋哭了出来，反手搂住牧星，"能……其实我从来没有怪过你，我只是难过你不喜欢我……"

我看着抱在一起的两个人，心里的石块终于落地了，同时也羡慕起他们来，原来彼此喜欢真的是让人无比高兴的事情。

我微微笑了笑，悄悄退出了操场。

虽然还没问苏也秋为什么退出比赛，但我想，答案已经不重要了。她是为了牧星而参加比赛，现在能和牧星在一起，那比赛自然也不重要了。

我看了看手表，马上就要上课了，我还是去教室吧。

就在这时，一抹熟悉的身影从旁边跑过来拦在我面前，是时澈。

我尴尬极了，不自然地对着时澈打了招呼："真巧……下午好呀。"

时澈笑眯眯地看着我："不巧，我一直在等你。"

"啊？"我不着痕迹地往后退了几步。

天啊，时澈到底为什么这样啊？我才不信他会喜欢我，前几次见面，因为我是时洛搭档的关系，他直接说不想理我的啊。

"早上我到你们班找你，结果你同学说你请假了，不知道什么时候回学校。所以我一直密切关注着校门口，结果刚才看到你和牧星走了，我就一直在这里等你。"说着，时澈亲昵地揉了揉我的头发，"没吓到你吧？"

吓到了！

我苦着脸推开时澈的手："你找我有什么事直说好啦，但先说好哦，君子动口不动手，你不许再揉我头发……也不要用这种肉麻兮兮的语气说话……"

"哈哈哈。"时澈顿时笑得眼睛都弯成了月牙儿，"慕小满，你果然很有趣，难怪……"

"难怪什么？"我好奇地看着时洛，总觉得他的话有些怪怪的，可又说不上是哪里不对劲。

时澈摇了摇头，脸色严肃起来："其实我找你有正事。"

见他这样，我也紧张起来，难道时洛出什么事了吗？我慌忙点头："嗯，你说！"

"《薄荷一夏·青春最上游》的比赛难吗？"时澈微皱着眉，"要是很辛苦的话，我不是很想参加呢。"

原来时澈是问真人秀的事情呀，那也就是时洛没事？我放下心来，笑着

道："既然是比赛，肯定不会很轻松啦，不过你也不要担心，我觉得还挺简单的，你肯定能应付。"

"你确定吗？"时澈有些迟疑，"我是真的吃不得苦哦。"

啧啧，就知道时澈是娇生惯养的大少爷。我无奈地摊手道："真的，这又不是什么野外生存节目，就是普通娱乐节目。"

"好吧，那我就放心了。"时澈松了口气，轻轻拍着胸口笑了起来。

我点点头，正想和他告别，时澈却突然拉住了我，力气大得我完全挣不开。我诧异地看向他："时澈同学？"

时澈看了我身后一眼，片刻后才放开我的手，眸光微闪道："哦，没事，我只是想看看你反应是不是很快，听说参加真人秀挑战，运动细胞和反应能力都不能少。"

"算是吧……"我狐疑地把手插到兜里，时澈到底是几面怪啊……明明认识他不久，但他已经在我面前展现了三副面孔！

嗯……无论如何，我还是远离他为妙！

"时澈同学，我有事要先回家了！不用送我！再见！"

说完我就飞快地跑了，像脚下装了风火轮一般。

3.

我刚回到家，就发现邮箱里有一封信和一个包裹。我惊奇地看着信封上的"慕小满收"，觉得特别不可思议，这年代，竟然还有人写信给我！

我小心地拆开信封，一张轻飘飘的纸和一张门卡掉了出来。

小满，我现在无法使用手机给你打电话，你也千万别打电话给我，因为有人监听了我的手机，我不能让他们知道孤儿院的缺口资金是你补上的。我昨天才知道，原来孤儿院要关园其实是个阴谋！有一个开发商看中了孤儿院的地皮，想要在那里修游乐场，所以故意切断了我们的资金链。现在他们知道孤儿院有了资金，想要强买股权。为了安全，我把股权书放在包裹里寄给了你，你赶快带着随信寄去的包裹到'莫尔泰酒店'的2016房间等我，记住从后门进哦，也不要拆开包裹。看完信后把信和包装袋扔掉或者处理掉，千万别让其他人看到！

落款：苏沐

我瞠目结舌地看着信，又看了看包裹。我的天啊，苏沐是院长阿姨的名字没错，但这天方夜谭般的信是真的吗？太夸张了吧……

我拿出手机想要给院长阿姨打电话，但纠结许久还是放弃了。有关孤儿院的事，还是宁可信其有，不可信其无，要是情况不对，大不了我赶紧跑就好了，我就不信骗子还能跑得过我！

我把包裹放在普通购物袋里，提着袋子去了'莫尔泰酒店'。进了2016房，我仔细检查了几遍，见房间里没有藏人后，便把房间门反锁了，乖乖坐在沙发上等院长阿姨。

是真的吗？真有坏蛋要抢我们的家？

我气得眼睛通红，不知道院长阿姨有应对的办法了没……

159

半小时过去了，院长阿姨还是没来，我不由得担心起来，她不会被那些坏蛋扣押了吧？我看时洛演的偶像剧，主角都是要出门时被坏人抓住的呢！

我握紧拳头起身。我还是去楼下看看吧，一直这么干等着，心里好慌啊！只是我刚走到门边，门就被推开了。我惊讶极了，我锁门了啊，为什么……

嗯……看着拿着房卡的服务员和一群似曾相识的面孔，我愣住了，怎么时洛的粉丝团会在这里呀？

"果然是她。我就说看监控有用吧，整栋楼就她一个人提着包裹鬼鬼祟祟的！"突然，熟悉的声音响起。姜柠柠从人群中走到我面前，愤恨地指着我说："慕小满，你为什么要这么对我们的天使时洛？"

听到姜柠柠的话，我一下觉得天旋地转起来。天啊，她不会把我喜欢时洛的事情说了出去吧？虽然告诉粉丝团没什么，但万一时洛知道了，我该怎么面对他啊？

"心虚了吧！"姜柠柠气急地跺了跺脚，"快去她房间搜，肯定有奶油！"

奶油？

我紧张起来："发生什么了！时洛出事了吗？"

"你还假惺惺地问！"姜柠柠一把将我推倒在地，她那双漂亮的眼睛里有着晶莹的泪花，"你在工作人员给时洛的饮料中加入了奶油，时洛现在重度过敏进医院了！你开心了吗？没想到你那么狠心，因爱生恨！"

我不知所措地摇头，我没有呀……虽然时洛确实不喜欢我，但是我比以前还要喜欢他呀，怎么会恨他呢？

我爬起来拉住姜柠柠，问："时洛现在怎么样了？"

这时跟来的警察打开了包装严实的包裹，一股淡淡的奶油味飘了出来。

粉丝团瞬间就炸了，全都哭着骂我："警察叔叔，奶油就是证据，快把她抓起来！"

我也哭了起来，完全没时间去想为什么包裹里的股权书会变成奶油。

"拜托你们，先告诉我时洛怎么样了？"

粉丝团自然没理我，还是警察叔叔轻声道："别担心，他没事，只是要去医院打点滴，见面会取消了。"

听到警察叔叔的话，我顿时放心了。我抹掉眼泪，说："谢谢警察叔叔。我和您回警局，保证配合调查。"

"不用。"警察叔叔笑了笑，"虽然监控里显示你是从酒店后门进来的，但是你直接进了房间没出去过，而且包裹里的奶油虽然缺了一块，但这包裹包装完好，我们也没在房间内找到胶布以及封口的东西，所以奶油很有可能是先被人挖走再故意打包好的。我先去会场找证据，你们别难为这个小姑娘了。"

说完警察和服务员都离开了。

姜柠柠看了我一眼，眼里全是恨意："不行，警察虽然没有证据，但时洛现在还在医院呢，我们必须为他讨回公道！慕小满突然出现在酒店，这太可疑了！"

姜柠柠一开口，房间里又炸了。粉丝团核心的几个人指着我声讨道："对呀，柠柠说得对！你为什么会出现在酒店里？别说你也是来参加见面会的，你可是在房间里，没在会场！"

"有人给我寄了一个包裹。"我皱了皱眉，冷静下来把线索顺了一遍。很显然，信肯定不是院长阿姨寄的，也没有所谓的游乐园开发商坏蛋。那人寄东西给我，是为了陷害我用奶油害时洛，而且他或者她还很了解孤儿院的事……

我下意识地看向姜柠柠，她倒是很符合条件，可是她没理由害我啊，更没理由害时洛过敏，她那么喜欢时洛。

那会是谁呢？

我晃了晃头："不管你们信不信，反正我绝对不会害时洛。"我顿了顿，又铿锵有力地道，"因为我和你们一样喜欢他，很喜欢很喜欢！"

粉丝团安静了，全都瞪大眼睛看着我。

我咳了咳，挺直腰走出了房间。

一出酒店，我立刻打车去了医院。虽然时洛没事了，可我不去看看还是不放心。

谁知到了医院，院门口已经堵着一大堆记者。我眼尖地看见了上次堵我的男女记者也在里面。我的心咯噔一跳，大脑还没做出指令，身体已经灵敏地藏到了路灯后。

不行呀，我要是这么大摇大摆地进医院，明天估计又要上娱乐版头条了！

我皱着眉思考了一会儿，果断绕到了医院后面。上次晴晴住院时我曾看到那里有棵果树，从那里爬上去，可以直接到医院二楼呢！

到了树下，我挽好袖子就麻利地爬了上去。想当初在孤儿院，我经常帮院长阿姨爬到桃树上摘桃子呢！

"慕小满，你在做什么？"

突然，时洛的声音从底下传来。

我开心极了，飞快地低头往下看。

只见一楼的房间里，手上还扎着针头的时洛慌张地站在落地窗前："快下来！小心摔伤。"

原来时洛在一楼打点滴啊！

我抹了抹额头的汗，从树上滑下来跑到窗边。隔着落地窗，我能清晰地看到时洛苍白的脸。我心疼极了，眼圈顿时红了："时洛，你怎么样了？"

"没事。"时洛笑了起来，眼睛弯成好看的月牙儿，"你怎么知道我在这儿？"

我吸了吸鼻子，只想快点儿解释清楚："我当时也在酒店里，不过我不知道你在那里开粉丝见面会。后来突然有一大堆人和警察冲到我所在的房间，搜出我带的包裹里有奶油，但其实那个包裹不是我的，是有人连着房卡寄到我家，还有预谋地让我丢掉信和包裹的包装袋……时洛，你相信我吗？我真的没……"

"我相信你。"时洛轻轻打断我，眼神里全是信任，"后来呢？警察没带你走，应该是没有确切证据吧？"

"嗯。所以我才能来这里看你。"我哽咽起来，时洛竟然如此信任我，我真的好感动，"时洛，对不起，应该是有人想害我，所以才连累了你。可是我想不出谁会害我……"

"没关系，我真的没事。"时洛对着我眨了眨眼睛，突然把针头拔掉了，"你等一下。"

"哎，你别拔针啊！"我慌张极了，可是时洛已经跑没影了。他要去哪里呀？

不多会儿，我身后传来窸窣的声响，我诧异地回头，就见时洛从树上跳下，轻松地落在地上。我瞪大了眼睛，说："时洛，你这样很危险的，怎么能随便拔掉针头呢？"

"傻瓜，那是营养液。"时洛轻轻在我头上敲了敲，脸上扬起微笑，"我已经没事了。只是记者一直堵在外面，我走不了。不过现在托你的福，我知道可以从这里离开医院了。"

我呆呆地看着时洛，说不出话来，只觉得他笑得真好看，要是每天都能看到他的笑容，该多好呀。

"小满，你笑什么？"时洛的脸微微红了，"觉得我太孩子气了吗？"

"啊？哦！没什么没什么！"我回过神来捂住脸。天啊，慕小满你清醒点儿吧！居然看着时洛犯花痴、傻笑！

"那我们去吃东西吧。"时洛可怜兮兮地道，"我好饿，中午去学校拿了东西直接到酒店，然后就进了医院，现在都还没吃饭。"

"嗯嗯。"我小鸡啄米似的点头，跟着时洛出了医院。

不过，时洛中午去了学校吗？好可惜我没遇到他，要是遇到了我肯定舍不得回家，那样也不会收到那个包裹，想要陷害我的人也就会放弃制造酒店奶油事件了！

时洛戴好口罩，左右看了一眼，突然牵起我的手，说道："小满，虽然记者都在前门，但是后门应该也还有一些，为了掩人耳目，我们要假装情侣，你不介意吧？"

完全不会介意好吗？

感受到掌心的温度，我开心得差点儿叫出来，但为了不引人注目，我只好咬着下唇，避免笑得太夸张。

哪怕是假装的，我现在也好开心啊！

"你想吃什么？"路过一名紧盯着时洛，疑似记者的人时，时洛机智地弯腰凑到我耳边说道。

我说完耳朵顿时烫了起来，垂下头小声回答："我不挑食……"

"那……买菜去你家做饭好不好？"时洛说完声音带着笑意，"我想吃你做的菜，有家的味道。"

"好呀！"我说完眼睛亮了起来，上次因为食材不够，我只做了炸酱面给时洛吃，一直觉得很遗憾呢，毕竟我可是中华小当家慕小满，厨艺可棒啦！

我们买了好几包食材，我一到家就忙碌起来。

时洛眼巴巴地站在厨房门口，问："我可以帮忙洗菜吗？"

我果断摇头，麻利地清洗着蔬菜瓜果。昨天他为了照顾我，肯定没休息好，今天又过敏去了医院，虽然现在没什么大碍，但还是不能累着了。

"厨房这么小，人多转不过来，你去看电视吧，很快就能吃晚饭了！"

想着时洛一天没吃东西，我加快了做饭的速度，不到半小时就做好了三菜一汤。

闻到饭菜的香气，时洛小跑过来微笑道："小满，你怎么知道我喜欢吃西芹牛肉、糖醋排骨和莲藕冬瓜扁豆汤？"

糟糕！露馅了……我总不能告诉时洛，我整天查阅他的一切吧……我脸红起来，支吾半天也说不出话来。

"嗯……我想起来了。"见我不说话，时洛突然敲了敲额头，"对不起啊，小满，买菜的时候我下意识地只拿喜欢的菜，忘了问你……"

根本不是这样啊！菜都是我拿的，你只拿了水果呀，傻瓜！

不过我并不打算说出来，嘻嘻。

我控制住上扬的嘴角，说："没事啦，我也喜欢吃这些菜啊。"

"嗯。"时洛乖乖地坐下了，像个小孩似的看着饭菜，眼睛亮亮的，"小满，那我开动啦！"

我微笑着点头，心里竟然有些难受起来。要是每天都能这样多好呀！可是，我知道……时洛喜欢姜柠柠，总有一天，他会到她身边去。那时候，我再也没有机会做饭给他吃了吧？

我的手抖了抖，赶紧往时洛盘子里夹菜："时洛，你多吃点儿，以后可能……"

时洛微微抬头，眼里映着我比哭还难看的笑脸，他愣了愣，嘴唇紧紧抿了起来，突然放下筷子起身："抱歉，我有点儿事要先走，明天学校见。"说完他就飞快地跑了出去。

"时洛，别跑那么快啊。"我失落地追到阳台，看着他的身影逐渐消失在视线里，眼泪掉了下来。

真是糟糕……

原来我根本没有自己想的那么大方，而是很矫情，矫情到一点儿也不希望时洛喜欢别人。

而时洛，是不是已经发现了这一点，所以才匆匆忙忙地离开？

真的有点儿难过，怎么办？

4.

第二天，我顶着双熊猫眼去了学校，昨晚又追完了一部时洛的偶像剧……

不过，再这样下去，他只有一部古装仙侠让我追了……

我失魂落魄地走到校门口，却被迎面跑过来的苏也秋拉住了，她焦急地看着我，说："小满，出事了！"

"怎么了？"我一下紧张起来，担心地看着苏也秋，昨天我走后，牧星不会又抽风欺负她了吧？

"不是我！"苏也秋跺了跺脚，白白嫩嫩的手往校门口指了指，说，"你看那里……"

我顺着苏也秋的手看过去，顿时愣在原地。只见密密麻麻的女生挡在学校门口，手中还拉着一条红色横幅：慕小满，滚出月见学院。

什么情况？

我的眼皮突突跳了起来："也秋，发生什么了吗？"

"我也不清楚。就是牧星突然打电话告诉我，说学校里的同学都说你故意害时洛奶油过敏，他们要联名向学校申请让你退学呢！怎么办呀，小满？哎呀！要不你还是先回家，等学校出结果了，我再通知你！不然待会儿她们可能会围攻你！"

闻言，我气极了。如果是冤枉我其他事情，也许我可以忍，但是冤枉我害时洛，我是绝对不会容忍的！

心跳
薄荷之夏

我安抚地拍了拍苏也秋，大步走到粉丝团面前，大声说："我再说一遍，我绝对不可能伤害时洛！"

姜柠柠冷笑着走到我面前，说："你说没有就没有？我们那么多双眼睛看到警察从你包裹里搜出了奶油！"

"可是警察叔叔也说那不能算证据！你们凭什么冤枉我？"我毫不畏惧地看着向我围过来的粉丝团。

"我们才没有冤枉你！你可是亲口承认了喜欢时洛！但是你知道时洛不可能喜欢你，于是你因爱生恨，想要报复时洛！"姜柠柠大声说道，"上次在时洛的庆生会上，你就送过奶油蛋糕给时洛不是吗？你有前科！"

听到姜柠柠这么说，粉丝团一下骚乱起来，全都认定我是凶手。

我惊讶极了，姜柠柠明明知道那个蛋糕是什么情况，现在为什么要冤枉我？

"坏蛋！"

下一瞬，我还没反应过来，在我面前哭着的女生就想伸手推我，我跟跄了几步，腿撞在了旁边的树干上，擦破了皮。这时不知是谁拉住了我，我顿时往后退了几步，落入一个温暖的怀抱。

我诧异地抬头，就见时洛脸色冰冷地看着粉丝团："如果这是你们喜欢我的方式，那么请你们别喜欢我。"

"不是的，时洛……"想推我的女生哭得更加大声了，"我们知道你善良呀，可是她害得你进医院啦，你不要帮她好不好？"

时洛看都没看女生一声，冷声道："凶手不是她，而是姜柠柠。"

"什么？"女生停止哭泣，不可思议地看向脸色变得煞白的姜柠柠，"不可能呀，洛宝宝，柠柠是你的忠实粉丝……她怎么可能害你呢？"

"昨天装饮料的瓶子上检测出了姜柠柠的指纹，而且我还找到了慕小满丢掉的包装袋，查出了寄件的快递店，在店家的监控里也看到了姜柠柠的身影。"时洛握紧拳头，"你们觉得是她嫌疑大，还是慕小满嫌疑大？"

闻言，粉丝团面面相觑，不知如何是好。

姜柠柠惨白着脸哭了出来："时洛，你怎么可以这样怀疑我，我那么喜欢你……我在后台时碰过很多东西，在饮料瓶上留下指纹很正常呀。还有快递店，我只是去寄东西而已……"

时洛脸色不变："好，既然你不承认，那我直接把证据交给警察，由他们来调查。"

时洛的话语里没有任何起伏，可是笃定的语气让大家莫名就很相信他，忍不住看向姜柠柠。

原来真的是姜柠柠！她为什么要陷害我呢？

我从震惊中回过神来，看到姜柠柠害怕得全身都在颤抖，突然想起了那个小木马，也想起了小时候那个快乐陪着我的唯一的朋友芒芒……

我咬住下唇，犹豫片刻后还是对着时洛摇摇头："拜托，别报警。"

时洛不解地看了我一眼，但还是点头道："好。"说完他直接拉着我往外走，再也没看粉丝团一眼。直到走到家药店，他才停了下来："在这儿等我。"

我眼眶红红地点头。神啊，时洛那么好，我怎么能不喜欢他呢？

过了会儿，时洛拿着酒精、棉签和创可贴走了出来。他叹了口气，拉着我坐到旁边小公园的长椅上："你怎么那么傻，站着让别人推。"

"我不是傻，只是没想到她会推我呀。"看着时洛小心翼翼地用棉签给我被擦伤的地方消毒，我的心剧烈跳动起来。

苏也秋因为勇敢追爱，牧星喜欢上了她。也许我也应该勇敢向时洛告白，至少还有可能和他在一起！

我深吸一口气，鼓足勇气正准备表明心意，时洛的手机就响了起来。

时洛皱起眉，沉默许久后才接起了响个不停的电话："叔叔……是……不追究……好，我马上回来。"

挂掉电话后，时洛对着我笑了笑，说道："抱歉，我有点儿事，你能自己回去吗？"

虽然我不知道时洛叔叔说了什么，但看时洛的表情，肯定不会是什么好事。我担心极了，但还是对着时洛笑了笑："嗯，你放心吧！"

时洛点点头，突然伸手在我头上拍了拍："周六见。"

"周六见！"我望着时洛的背影，直到看不见他了，才叹了口气，又错过了告白的机会呢。

可是能跟他待在一起，还是感觉好幸福。

第八章

野 外 生 存 的 秘 密 约 定

心跳
薄荷之夏

1.

因为校门口的粉丝团事件，学校特地给我放了几天假，好好准备周末的第三期比赛。我窝在家里，好奇地翻着第三期挑战项目的任务卡，没想到竟然要拍外景，难怪导演会提前把任务卡寄给我呢。

看完任务卡上的任务描述，我的心咚咚跳了起来。天啊，竟然是比哪一组能靠节目组给的工具在野外成功生活一天一夜！

听苏也秋说，因为姜柠柠退学了，学校又给时澈重新选了一个搭档，是一个在全国中学生野外生存比赛里拿过奖的女生。

那我和时洛的岂不是胜算很小？不行，我一定要恶补野外生存的知识，让时洛拿到决赛的名额！

"叮咚……"

门铃突然响了起来。

奇怪，谁会来找我呢？平时除了院长阿姨偶尔会来看我，只有时洛来过几次。

咦！难道是时洛？

我的眼睛亮了起来，连鞋都没来得及穿就跑过去开门。

门一打开，我的笑容僵在了脸上。

天啊，这就尴尬了！来人竟然是时洛的叔叔！

时洛叔叔诧异地瞥了眼我没穿鞋的脚丫，脸上闪过一丝不屑，随即他很亲切地笑了起来，递给我一张名片，说："小满同学，你好，我是AM公司经纪人时竹庭，当然同时我也是时洛的经纪人，这是我的名片。"

我抽了抽嘴角，把名片接了过来。

讲实话，他推我进游泳池和拿时洛给我做人工呼吸的照片给记者的事，我都不计较，但是他用我来强迫时洛必须赢得冠军，这就很讨厌啦！

他来找我会有什么事情呢？

"小满同学不请我进去坐吗？"时竹庭又笑了起来，"我有很重要的事要和你商量。"

"啊，对不起……您请进！"我一下脸红起来。

糟糕，因为讨厌他，都把最基本的礼貌忘了，真是尴尬啊！

我穿上拖鞋，又给时庭竹泡了一杯花茶："请问您找我有什么事吗？"

时庭竹端起花茶轻轻喝了一口，眼睛笑得眯成一条缝："我从学校里得知，小满同学是在孤儿院长大的，果然生活自强独立，茶也泡得那么好。"

嗯……我不过是把从超市买的花茶茶包泡在开水里，完全没有技术含量啊……

我不自然地笑了笑："您过奖了。"

"其实我来找你，是想拜托你一件事。"时庭竹放下茶杯，诚恳地看着我说道，"你曾经是一名长跑运动员吧。我听你的教练说，你本来是国际长跑比赛的种子选手，曾经还在全国长跑比赛中赢了牧星。"

我微微皱起了眉，心里隐约有着不好的预感。

我是长跑运动员，和他拜托的事情有关吗？可是我的小腿已经受伤了呀，他想做什么呢？

"叔叔知道你为了救马路中间的小女孩而发生车祸导致跟腱断裂，从此与长跑无缘。不得不说，这真是一件遗憾的事情。不过好在事情总有两面性，你何不让坏事变得稍微不那么糟糕呢？"

我听得一头雾水，不解地看向时庭竹："不好意思，我没懂您的意思。"

"你想不想帮时洛？"说到这儿，时庭竹轻轻叹了口气，"我们家时洛一出道，就有各种不好的舆论抹黑他，导致他虽然很有人气，但始终不能真正大红起来。作为他的经纪人，不，也许更应该说他的叔叔，我实在很痛心。只是每次我找到炒作的点，都会被时洛否定。第一次，他为了帮你撤下照片，放弃了；第二次，还是为了你，他放弃了姜柠柠用奶油害他的事件……"

这些我都知道。

我难过地垂下头，眼圈红了。

一直以来，我总是说我有多喜欢时洛，但其实我并没有为时洛做过什么。反倒是他一次次地帮我，不仅给了我真人秀挑战的合同救了孤儿院，还帮晴晴付了手术费，其他的小忙更是不胜枚举。

"对不起……"

"所以你这次必须帮帮时洛。"时庭竹言辞恳切地道，"你会愿意吧？"

闻言，我忙不迭地抬起头："我愿意！我需要怎么做？"

"很好。"时庭竹微微笑了起来，"只要你在真人秀拍摄时让你的脚伤复发，但仍然坚持比赛，这样就能成为一个很好的炒作点。当然，受伤了还拿到冠军，那更是一个大爆的点。"

我惊讶至极。我倒不是怕疼不愿意再次受伤，但是这样做不是骗人吗？骗人是很不好的行为，我做不来……

"你不愿意？"见我不回答，时庭竹的脸色冷了下来，"时洛帮了你这么多，你做这么一点儿小事回报他都不愿意吗？时洛要是知道你不答应，会很失望的。"

我咬了咬下唇："这是时洛的意思吗？"

时庭竹看了我一眼，微微点了点头："如果你拒绝，我会如实告诉他。"

我犹豫地拿出手机看了眼屏保上的时洛，好吧……其实我的脚确实受伤了，或许这也不算骗人……

我深吸一口气，点了点头："好，我答应。"

时庭竹满意地拍了拍我的肩，说："你是个聪明的小姑娘。那么我就走了，脚伤的事情就靠你了。"

说完他戴上墨镜，快步走了出去。

我头疼地关上门，抬起脚看了看，之前都是担心腿伤复发，现在竟然要特意让脚伤复发，只是，我要怎么才能让脚伤复发呢……

周六早上，我刚到学校就看到校门口停着好几辆大巴车。

哇，果然是拍野外特辑呢，特别像全校去春游的架势！

"傻站着做什么？"时洛从一辆红色大巴车上下来，笑着把一顶红色遮阳帽递给我，"我们是红队，戴上吧。"

我乖乖地戴上帽子，见时洛心情很好的样子，嘴角也不由得上扬："你今天心情很好的样子啊。"

时洛不自然地咳了咳，脸上泛起一抹红晕："是吗？也许是因为又拍摄真人秀了吧。"

"啊？"我瞪大眼睛围着时洛绕了一圈，说，"你还是我认识的那个时洛吗？之前你可是很讨厌拍真人秀哦。"

"不一样。"时洛的脸更红了，"拍真人秀可以见……"

可以见什么？

我好奇极了，期待地看着时洛，谁知他就像卡壳一样，支吾半天也没说出来。

"好了，上车吧。"时洛抬起手看了下手表，"还有十分钟就发车了。"

"哦。"我郁闷地点点头，脑海中还在想时洛说的那句话，到底是见什么能让他这样高兴呢？难道是因为时澈吗？

算了，不想了，反正按时洛的性格，他不想说也问不出来。

上了车，我才发现原来大巴车上除了司机，就只有我和时洛，连摄影师都没有！

"从学校到万亩草原有一天的路程，现在还不用拍。"时洛笑了笑，"所以你要是困，可以先睡一觉，我特意选了有卧铺的大巴。"

"咦，大巴是我们自己选吗？"我开心地坐到卧铺上。嘻嘻，我还真的很困，因为熬夜看完了《百科全书》呢！

"嗯，这次比赛分红蓝两队。红色和蓝色给的道具不一样，而道具就放在各自的大巴上。"

"那我们的道具是什么？"我紧张起来。为了时洛，我看了几期他参加的综艺节目，总算对娱乐八卦有了浅薄的认知。通常节目组为了娱乐效果，给的道具都会特别奇特。

"不知道。"时洛指了指靠椅上的灰色皮箱，"我刚上车就看到你来了，还没来得及看。"

闻言，我的心又猛烈跳动起来。

哎呀，慕小满，淡定！人家时洛只是说看到你来了而已，你不要那么激动好吧！可是……"看到你来了"这样的话，真的很暖呀……

为了平复越来越激烈的心跳，我赶紧起身道："那我们现在看看有什么工具吧！也好规划一下接下来的一天一夜要怎么办。"

时洛认同地点头，白皙修长的手轻轻一按，皮箱就弹开了。

嗯……一把剪刀、一卷纱布、一个打火机、一罐汽油、两个睡袋……除此之外，就只有一个手电筒了！

天啊，意思是我和时洛要吃纯天然的野菜吗？连盐和橄榄油都没有……

我欲哭无泪地把皮箱合上："时洛，除了这些，节目组别的都不会提供了吗？"

时洛轻轻笑了起来："不清楚，等到了目的地就知道了。"

好吧……我鼓起腮帮子，吃一天没味道的野菜，也算是一种体验吧。但是，我还是没想到怎么让脚伤复发……

"时洛……"我本想问问时洛的意见，抬头却见他已经合上了双眼，特别安静地靠在座椅上睡了过去。

阳光温柔地洒在他身上，他整个人简直白得发光，脸上零瑕疵，连毛孔都没有。我不由得看傻了，心里生出一丝自卑。

时洛就像白天鹅，而我就是那只癞蛤蟆……

不过丑小鸭努力后也能蜕变成天鹅，那我努力一下，说不定可以变成只稍微看得过去的癞蛤蟆呀？

想着想着，我又燃起了信心，控制不住地开心起来。我看了眼睡得熟的时洛，轻轻给他盖好毛毯后，就回到了卧铺上。

时间不多啦，我得先想想怎么让脚伤复发，毕竟帮时洛赢得决赛名额，也算是努力的第一步吧！

快到中午时，司机停住了大巴车，对我说道："同学，你喊下时洛，我们这组在这里吃饭。他早上都没吃早餐呢。"

"好的。"我瞥了眼窗外，蓝色的大巴车呼啸而过。

咦，现在还没开始比赛，两队就不在一起吃饭了啊？

我收起手中才写的"努力计划"，走到时洛旁边轻声喊道："时洛，吃饭啦。"

没想到时洛眼睛都没睁开，撒娇道："不吃，要睡觉……"

天啊，睡觉时的时洛好可爱呀！

我按住胸口，哄道："乖啦，吃完饭再睡好不好？"

"不好……"时洛偏过身，把头埋在毛毯里。

不行呀，他早上没吃早餐呢！

我深吸一口气，掀开他脸上的毛毯："吃饭很快的，吃一点点……"

话没说完，时洛就伸手把我搂在了他怀里，抱着我迷迷糊糊地说道："好吵，别说话。"

"怦怦怦……"

我趴在时洛胸前，能清晰地嗅到他身上的橘子香味，听到剧烈的心跳声，一时间竟然分不清到底是他的心跳还是我的心跳。

我想要起来，却又被时洛一把按了下去，再次跌到他怀里。我咳了咳，问："时洛，你醒了吗？"

时洛这次没有回我，而是又把头埋到了毛毯里。

我舒了口气。

这时大巴外传来脚步声："时洛，吃饭啦！"

导演的声音！

我的血液立刻从脚底往脸上逆流，要是被他看到现在的场景，肯定要出大新闻啦！

怎么办？

我正不知所措，时洛突然松了手。我一愣，赶紧起身，红着脸轻声开口："时洛，你醒了吗？"

等了约莫几秒，见时洛完全没有转醒的迹象，我才拍着胸口放松下来。咦，不对啊！我为什么要紧张啊？明明是他睡迷糊了把我拉到怀里，不是我色胆包天占他便宜……

"还在睡啊？"这时导演上了车，看着盖着毛毯的时洛，笑了笑，"小满，快把他喊起来，没有他，这饭可吃不了哦。"

"为什么啊？"我好奇地问道，"时洛好像很累的样子，我们吃完给他打包就好了呀。"

"当然是因为这饭可不是那么容易吃的。"导演还没回答，毛毯里就传来时洛软软的声音。

听到时洛说话，我差点儿被自己的口水噎住，他什么时候醒的？

"没错，小洛就是聪明。"导演哈哈大笑起来，"那我先去准备，你们快来。"说完导演又风风火火地下了车。

我呆呆地看着时洛，犹豫许久才结巴地说道："时，时洛……你什么时候醒的呀？"

时洛掀开毛毯，起身伸了个懒腰，脸上有着淡淡的笑意："导演那么大的嗓门，我还没修炼到打雷下雨都能安然入睡的境界。"

原来是导演上车的时候呀！我放下心来，跟着时洛一起下了车："这吃饭到底怎么回事啊，为什么不容易呢？"

"早上你还没来之前，我看到工作人员搬了一个镖盘上车，格子上写了许多调味品和食材，也许这会是一顿'特别'的午餐。不然只是比赛，节目的趣味性少了许多。"

特别的午餐？趣味性？捕捉到这两个关键词，我立刻想起时洛参加的黑暗料理节目。

那个节目叫《论吃货的自我修养》，要求十个观众分开盲选十种食材，然后由嘉宾发挥想象力，烹饪出一道全新的菜肴。时洛参加的那期，有人选了菠萝，有人选了朝天椒，还有人选了糖浆……

当然重点是时洛的想象力，他竟然没有选择最保险的浓汤做法，而是油炸了菠萝，把朝天椒剁碎再加糖浆等凉拌！

嗯，那味道，我真不知道现场观众是怎么吃下去的……

我可不想吃那种黑暗料理呀！

我眼巴巴地拉住时洛："时洛，你千万别像《论吃货的自我修养》里一样发挥你的想象力啊……如果食材很怪，直接水煮好了，至少不会无法下咽。"

时洛惊讶地看着我，过了会儿脸色微微泛红，轻声问道："你看过我的节目？"

何止是节目，你的电视剧电影我都追完了……我内心咆哮着，表面却淡定地说道："嗯，因为我是一个综艺节目狂热观众，所有综艺节目我都看！"

"哦，走吧。"时洛有些失落地点点头，转身走进了餐厅。

2.

普通的餐厅里已经架好了好几台摄像机，工作人员来来回回地走动着，布置着现场。

进了餐厅，我一眼就看到了时洛说的镖盘。

果然，上面写的东西虽然有正常的，但更多的是黑暗料理，比如巧克力五花肉、辣味苹果块、芥末糯米糍……

天啊！我不想吃黑暗料理啊！

"好了，欢迎我们的红队。"工作人员笑眯眯地指着镖盘说道，"不过呢，天下可没有免费的午餐哦，想吃饭，就要看两位的飞镖技术了。一共有五次机会，飞镖射中什么就吃什么，而且如果能在半小时内吃完所有食材，还有一个神秘道具送给你们，那可是野外生存必备良品。好了，你们决定由谁来射飞镖呢？"

糟糕！我不会射飞镖。以我的技术，肯定是吃芥末糯米糍的命运！不过时洛应该更不会吧，看他那副弱不禁风的花美男模样就知道了。

我咬住下唇做了决定，还是我来吧，虽然有可能吃到黑暗料理，但也比让时洛在节目里丢脸好，不然万一连镖盘都射不中，他肯定又会多许多黑粉。

"我……我来吧！"

想起芥末糯米糍的酸爽味道，我去拿飞镖的手都有些颤抖，谁知时洛却突然按住我的手说道："你想吃什么？"

咦？我难以置信地看向时洛，他这是要射飞镖？

心跳薄荷之夏

"时洛……"

"说吧。"时洛微微笑了起来，漂亮的眼睛里闪耀着自信的光芒，"你想吃哪五样？"

我呆呆地看着时洛，总觉得他对我说话的语气好温柔，那种满满的宠溺简直让我的心跳快得无法抑制！

我回过神来，认真地看了眼镖盘，其中有好几样确实是我特别喜欢的，不知道时洛能不能射中。

"红油火锅、千层毛肚、鹅肠、黄喉，还有土豆。"

时洛突然拍了拍我的头，说："等我给你拿回来。"

说完他拿起五支飞镖，在我还没看清时就一一射了出去。几乎是眨眼间，飞镖分别射在了我说的那五样食材上。

周围响起了惊呼声，我也凝神看向时洛。天啊，他不仅有着完美的外貌、动人心魄的声音、爱因斯坦般的高智商，竟然还玩得一手好飞镖！

这样的人，到底有什么是他不会的呀！

"哇！时洛好帅哦！我好喜欢你！"工作人员把食材端上来时，双眼都在冒爱心，"这一段要是播出去，你的人气肯定又要涨啦！简直太完美了！你是多少小姑娘的梦中情人啊！"

我接食材的手顿时僵在空中，有些不开心起来。原来我也很小气啊，听到有很多人和我一样那么喜欢时洛，竟然会吃醋……

时洛对着工作人员笑了笑，并没有回答。场面一时间又冷了下来。

我晃了晃头，说："时洛，谢谢你啊。既然你拿下了食材，我保证会在半小时内吃完的，然后拿到神秘礼包！"

没想到时洛微微皱眉说："小满，这些食材分量太多，半小时内肯定吃不

182

完，我们放弃神秘道具吧。”

“哈哈，你别担心，我胃口很大的，这些东西都能吃完。”我看着两斤毛肚、两斤鹅肠、两斤黄喉、两斤土豆，深深吸了口气，慕小满，你可以的！为了拿到神秘道具，你一定可以的！

这样想着，我拿起筷子，低下头猛吃起来。吃着吃着，我突然想起了牧星受伤那次，苏也秋为了给他献血，也是狂吃了好多东西呢。

看来爱情真的会让人变得勇敢！

以前我吃一小碗饭就饱了，但是现在想着时洛，我就像个大胃王一样，能吃好多好多东西！

半小时后，锅内的东西终于全部解决完毕，我揉了揉快撑破的肚皮，对着时洛笑了起来：“看吧，我说能吃完的！”

时洛放下筷子，神色复杂地道：“你真的本来就能吃下那么多东西？”

“对呀。”我慌张起来，时洛为什么那么问？难道他看出来我是为了他才这么拼吗？不行！这样他肯定会觉得愧疚，我得找个好理由。

“我最喜欢重庆火锅啦，其实平时我也吃这么多哦，只是可能因为没有限定时间，所以吃得没有今天这么快。”

“哇，真的吃完了！那么神秘道具是你们的啦！”工作人员掐准时间过来，检查锅内确实没有东西后，就把神秘道具拿了出来，“相信我，里面的东西特别好！”

嘻嘻，离时洛赢得比赛又近了一步！

我期待地打开道具。

竟然是一包压缩饼干！

3.

到了目的地，我们下车时才发现时澈他们已经到了。

看到时洛，时澈走过来，看了看周围见没人注意，便冷声道："你别以为我爸说要我让你，我就会真的让你。"

时洛皱了皱眉："我从来没有要你让我的意思。"

"那就最好了。比赛这种事情，不靠真本事赢，有什么乐趣。"说着，时澈又对我笑了笑，"可惜小满你不和我一个队呢，不然我就能照顾你啦，我对野外生存还是很有心得的。"

我尴尬地笑了笑，时澈怎么又开始肉麻了，我真的不需要他照顾。

"谢了，不过我可以自己照顾自己。"

我刚刚说完，导演的声音就透过喇叭响了起来："各分组注意，再过五分钟开拍，每组带一名摄像师，除了节目组给的道具外，其余东西全部上交，包括手机和钱包。"

闻言，我松了口气，赶紧拉着时洛往前跑。自从时澈突然说喜欢我之后，面对着他真的好别扭呀！

时洛乖乖地任我拉着跑，跑了许久他才疑惑地问道："小满，我们不交钱包和手机吗？导演一直在后面追我们，看样子他快跑不动了……"

啊？我猛地停住步子回头望了望，果然导演撑着膝盖，满头大汗地半蹲在不远处，气喘吁吁地道："手机……钱包……"

我抱歉地看向时洛："我不敢过去了……导演肯定会咆哮的，你能把我的手机和钱包一起带过去吗？"

"你很不想见到时澈？"时洛的眼眸亮了亮，突然问了个奇怪的问题。

我点了点头："不知道为什么，他突然开始说奇怪的话，我觉得很困扰，所以很怕见到他。"

闻言，时洛笑了起来，微风扬起他的发丝，看起来美好极了。

"我帮你拿东西过去，你等我一会儿。"说完时洛就拿着手机和钱包走了。

我傻傻地看着他的背影，只觉得他连背影都好好看，尤其是那双修长笔直的腿，简直……

等等！我一下跳了起来，对呀，我都忘了要怎么让腿伤复发的事了！

不过夜间受伤，效果应该不太好，我还是睡觉时想个好方法，明天早晨受伤，坚持到下午比赛结束，这样也不会因为腿伤拖累时洛。

嗯，就这样愉快地决定了！

我正想着，时洛走了回来："小满，我们今天的晚餐要自己弄，一会儿把睡袋弄好，我们就去找吃的吧。"

"嗯。"

找到一个合适的地点铺好睡袋，我就和时洛出发去找晚餐了。除了食材，还需要找点儿枯树枝当柴火，不知道草原上有没有……

"时洛，我们分开找吧，要是找到可以吃的东西和生火错的树枝，就互相通知。"

"好。"时洛微微点头，突然上前一步拉住我的手，在我的手腕上系了根红绳，而另一端系在他的手腕上。

我不解地看着他："时洛，你为什么要在我手上系根绳子啊？"

"草原那么大，万一你走丢了怎么办？"时洛严肃地道，"或者遇到什么危险呢？所以一定要系线。"

我目瞪口呆地看着那根短短的绳子，问："敢问这绳子多长？"

"十米。"时洛的嘴角扬起好看的弧度，"我视力不算很好，正好能看清十米内的事物。"

"找东西肯定不只分开十米，还是解开吧，不然不方便呢。"虽然和时洛在一起我很开心，不过目前还是拿到决赛名额比较重要，我一定要帮助他在野外生存下去！

"申请驳回，无效。"时洛抿紧嘴唇，转身就寻找起来。

好吧，听他的！

我的嘴角不受控制地扬了起来，也开始专心找食材和树枝。

可惜我运气太差，走过的地方除了枯草什么也没有。

过了几分钟，我手上的绳子猛烈晃了起来，时洛的声音也跟着传来："小满，这里有白菜！我找到白菜了！"

白菜！草原上有白菜呀？

我开心地顺着红绳跑过去，看清时洛手中拿着的东西时，我忍不住大笑起来："哈哈哈……这不是白菜，就是很普通的叶子。"

"哦……"时洛脸红了，他微微鼓起腮帮子，"我还以为有叶子的都叫白菜呢……"

"蔬菜的种类很多，分不清也没什么，继续找吧。"我真是病入膏肓了，看到时洛这么无措的模样，竟然觉得可爱极了，特别想上前捏捏他胶原蛋白满满的脸……

天啊，慕小满，你够啦！

"小满，我想问一下……什么样的菜才能吃呢？"时洛揉了揉头发，柔软的亚麻色头发微微晃了一下，"我不太懂……"

"野菜和蘑菇吧，不过野菜你分辨不了，专门找蘑菇好了。蘑菇呢，就是头上有个帽子，下面一个圆柱体，很像伞，长在比较潮湿的地方。"

我抬头在草原上扫了一圈，发现不远处有片树林："我们去那边找吧，树林会潮湿一些。"

不知道树林里会不会有木耳？不然做一锅木耳蘑菇汤，味道肯定也不错！回味起蘑菇汤的鲜美，我不由得加快了步子。今天中午的时候，时洛虽然为了减少我吃的量，但他明显吃不了辣，好几次都被呛得眼睛通红，所以根本没吃多少东西。

我往前迈着步子，没想到突然脚下一滑，整个人直直往下掉，瞬间失重的感觉让我只觉喉咙一紧。

天啊，这里竟然有人挖了陷阱！

"时洛，快把绳子……"我的话还没喊完，就看到他也掉了下来。

好吧……我应该喊快点儿的！

"小满，你没事吧？"时洛一落地，就赶紧拉起我打量起来。

"没事，这里用枯草盖着，我掉下来时把枯草也带了下来，所以完全没感觉！"其实掉下来时，我的脚扭到了，简直疼得钻心。可看着时洛紧张的模样，我根本舍不得他担心。

"要是听我的把绳子解开，你也不会跟着我摔下来了，有没有摔到哪里？"

"你没事就好。还好我系了绳子，不然你一个人待在这里多害怕。"时洛舒了口气，"我也没事，还好这洞不算深，只有三米左右，估计是用来捕捉野兽的洞。"

我的眼眶顿时就红了。真的，就算时洛不喜欢我，他这样关心我，我也没有什么遗憾了。

"谢谢你，时洛。"

"时洛，你们还好吗？"突然，洞口出现摄影师焦急的面孔，"你们不要慌，我马上就去找人来帮忙。"

"我没事，你去吧。"时洛抬头回了一句。突然，他的眼眸亮了起来。他指着洞壁说道："小满，是蘑菇！还真是因祸得福，我们的晚餐！"

我顺着时洛的目光看过去，是一朵红色蘑菇，上面还有白色的小点。咦，这种蘑菇我好像在《百科全书》上看到过，是一种有毒的致幻蘑菇，虽然是轻度致幻，但是摸一下也会中毒呢！

"哦，这个蘑菇不能……"

我的话还没说完，时洛突然起身摘下了蘑菇，还邀功般地看向我："小满，我也能找到食材照顾你。"

糟糕！我忍住脚疼慌忙起身，用衣袖包着手重重打掉时洛手中的蘑菇，眼泪都急得掉了下来："天啊，书里说这蘑菇摸一下都会中毒，怎么办……希望是我认错了……"

时洛呆呆地看了我一会儿，猝不及防地用没摸过蘑菇的手轻轻拭去我脸色的泪，柔声道："小满别哭，看你哭我会心疼……"

感受到脸上灼热的温度，我的胸腔仿佛瞬间炸裂。神啊，我是不是出现幻觉了？不然时洛怎么会对我做这么亲昵的动作，说话也超级暧昧啊！看着我哭会心疼什么的，不应该是对喜欢的人说的话吗？喜欢的人……姜柠柠……

想起姜柠柠，我猛地清醒过来，一把推开时洛的手："时洛，你怎么了？

你看清楚哦，我不是……"

"我看得很清楚。"时洛眼里闪过一丝受伤，再次轻轻捧起我的脸，"你是我喜欢的人，我喜欢你。"

"啪"，伴随着那句"我喜欢你"，我脑中的某根弦突然断开了，时洛说喜欢我……

咦，不对……他是摸了蘑菇后和我说的这话，而这蘑菇能轻度致幻，也许时洛是把我看成了姜柠柠。毕竟他喜欢的是她，不是吗？

我咬了咬下唇。我是很喜欢时洛，不过我不会窃取别人的幸福，这是属于姜柠柠的告白，我不能要！

我握紧拳头，正想和时洛解释，就看到他的脸离我越来越近，越来越近，直到柔软温暖的唇贴上我的唇……

时洛他……亲我啦！

我的心咚咚跳了起来，眼皮也不由自主地合上。此时脑海中却跳出一个扑闪着黑色翅膀的迷你版的我，她冷笑地看着我，说："啧啧，慕小满，你清醒点儿吧，他亲的是姜柠柠，不是你慕小满！你现在享受的，是别人的温情！"

不！我瞬间清醒过来，用力推开了时洛："时洛，你清醒点！"

时洛被我推得撞到了洞壁上，他的眼神有些迷茫，随后逐渐变得清明起来："嗯……小满，刚才……"

我捂住嘴唇，低声打断他："没什么，刚才你摸了有毒的蘑菇，产生了幻觉，不过，看你现在的眼神，应该没事啦。"

"我……"时洛皱了皱眉，刚开口说了一个字，洞口就传来了纷乱的脚步声，还不时有黄色的光线晃来晃去。

看来是导演他们来啦！

我松了口气，把心里那点儿伤感压了下去："嘻嘻，导演终于来啦。"

"时洛，小满，你们没事吧？"导演紧张极了，趴在洞头扔下来一条很粗的麻绳，"我们拉你们上来。"

"好。"时洛的目光闪了闪，"小满，你先来，我在下面护着你。"

我慌忙摇了摇头。不行，我现在脚疼得厉害，几乎快撑不住了，如果我先上去，也许时洛在下面会看到我痛苦的表情。

"还是你先吧，我比你轻一些，先拉重的会比较好。"

"小满，听话。"时洛不由分说地把我拉了过去，强迫我抓住麻绳。

"嘶……"因为走动，我一下没忍住痛呼出声。

时洛发现了异样，脸色"唰"地变白："小满，你受伤了！你之前为什么不说？"

"我没事。"我咬着牙，强撑出一个笑容，"就是腿伤复发了而已，没事……"

时洛的脸色凝重起来，他蹲下身抱住我的腿："快上去，马上去医院。"

时洛都从未用如此严肃的语气和我说过话，我知道这次他是真生气了，只好乖乖闭上嘴，等导演他们把我拉上去。

几分钟后，我和时洛都被拉了上来。

我尴尬地摸着小腿，这下好了，不用我想办法故意弄伤脚了，小腿真的旧患复发了。

时洛深深看了我一眼，说："马上去医院。"

"我真的没事，只是扭了一下。"我咬着牙起身，对着时洛笑了笑。现在是比赛的重要关头，我可不能去医院呀。

闻言，时洛皱起了眉，拉着他叔叔一言不发地往前走。

我慌了，赶紧和导演说了谢谢，追了上去。走了一会儿，两人停了下来，我赶紧躲到旁边的树下，屏息听着他们的谈话。

"我要退出比赛。"

时洛这话一出，不仅时庭竹惊呆了，我都差点儿叫出来。时洛他是怎么了？难道……他是为了我的脚吗？

"不可能。"时庭竹立刻反对，"我培养你这么多年，就是为了让你成为巨星。你知不知道，只有你红了，我才能成为真正的金牌经纪人！现在好不容易只差最后一步了，你竟然要退出？你知不知道决赛其实只是个噱头，比赛项目才是才艺大比拼！你唱一首歌，谁还能比得上你？只要你拿到了月见学院的决赛名额，总决赛冠军就是你！"

时洛面色不变，依旧淡淡地道："我要退出比赛。"

"哈哈。"时庭竹大笑起来，"好啊，如果你退出比赛，那我将不再支付你弟弟的医疗费用，你这几年赚的钱可都在我名下。"

"叔叔你……"时洛难以置信地握紧拳头，"好，那钱你要拿就拿去。我还是要退出比赛。"

"哼，你是想动你爸妈留下的遗产是吧？我告诉你。"时庭竹胸有成竹地道，"根据你父母的身前财产协议，如果我不想给，你一分钱都拿不到！"

时洛这时彻底震惊了，当然我也震惊了！这世上竟有如此狠心的叔叔，也太厚颜无耻了吧，不仅不把时洛辛苦赚的钱给他，还要扣下时洛父母的遗产。

天啊！他果然只是拿时洛当他事业的基石！

"所以如果你退出比赛，那你弟弟的病就会得不到治疗，也就是……"时庭竹微微一笑，"你的亲弟弟时沉会死！"

时洛的手指都握得泛白了，过了片刻，他才艰难地点了点头："好……我不退出……"

我看得心疼，眼泪"啪嗒啪嗒"地掉了下来。

时洛，你别担心，我一定会帮你拿下冠军，让你弟弟得到治疗的！

见他们谈完准备回去，我忍着疼痛先他们一步跑了回去。

过了大约半个小时，时洛才回到放睡袋的地方。

"小满……有件事我想和你说……"

我露出一个灿烂的微笑："正好，时洛，我也有事和你说！不然我先说吧！就是我的腿没事啦。嘻嘻，只扭了一下，没想到休息几分钟就好了，感觉回去我都能重新长跑了呢。"

时洛的眼睛亮了起来："真的？"

"是啊。"腿上的疼一波一波袭来，我却笑得更加灿烂，"我想起来了，我们之前赢了一包压缩饼干，哈哈，不用到处去找吃的了。"

时洛坐到我旁边，如释重负地松了口气："谢谢你，小满。"

傻瓜，我知道你很难开口问我还能不能坚持，所以特意先自己说了出来，这样善良的你，只有知道你委屈的我才能帮你，我开心还来不及呢，何必感谢我……

第二天醒来，真人秀拍摄一直持续到下午三点，最终蓝队因为饥饿难耐宣布挑战失败，而时洛和我成功拿到了决赛名额！

我吃惊地拿着特殊道具压缩饼干包装袋晃了晃，没想到它竟然成了制胜的法宝，看来火锅没白吃！

"时洛，做得好！"时庭竹高兴极了，直接跑过来抱住时洛，"后续让节目组收尾吧，我们先去NTV电视台签约！毕竟决赛结果毫无悬念，只是用来宣布你签约NTV消息的平台而已！"

时洛的表情毫无波澜，他淡淡点头道："哦。"说完他就随着时庭竹上了保姆车。

我对着他的背影轻轻叹了口气。我知道他很难受，他不想当明星，可是为了弟弟，他不得不去NTV签约，一步步走向巨星的道路。

"小满，恭喜你哦。"旁边的工作人员见我一直不说话，笑道，"你马上就变成两百万身价的小富婆了，还愁眉苦脸的做什么？"

两百万？

我不解地眨了眨眼睛。

哦，是了！其实决赛只是噱头，时洛上去唱一首歌就好了，我根本不用准备什么，那合约上说的报酬两百万应该很快就会发给我了！

总算有点儿开心的事情！孤儿院可以摆脱困境啦！

我开心得想要起身，却又立刻疼得摔回了板凳上。我的心咯噔跳了一下，不会吧……竟然站不起来了？

"小满，你怎么了？脸色那么差。"时澈跑了过来，关心地蹲下身，平视着我。

看到时澈那双真诚的眼眸，我实在不好意思不理他，只好把受伤的事情说了出来："其实也没事啦，休息一会儿肯定就好了！"

闻言，时澈跳了起来："什么，你受了那么严重的伤竟然还继续比赛？时洛简直没有良心！为了个破比赛，连你……"

"你别这么说，你根本不知道。"想起时庭竹把时洛当成事业垫脚石，时澈却根本不知道，还嫉妒时庭竹对时洛好，我的心就一抽一抽疼了起来，终于忍不住起身大声反驳道，"你不了解事情的真相，就不要总是针对时洛好吗？
他已经够辛苦的了，你还这样误会他。他明明是全世界最有良心的人，你爸爸
之所以那么关心他，完全是因为……"

话没说完，我就感到一阵头晕目眩，只能看到时澈惊慌的脸，却听不到他
在说什么。

奇怪……我的视线好像越来越模糊了……

我拼命晃了晃头，却还是眼前一暗，倒了下去。

第九章

拯 救 王 子 大 作 战

1.

漫天飞舞的粉嫩樱花里，粉色的柔光模糊了我的视线。我跌跌撞撞地站在一片粉色里，完全分不清方向。

我不安地握紧双手，正不知所措时，不远处亮起了一道金色的光芒。我深吸了口气，慢慢地往光源处走去。

一棵十几个成年人合抱才能围住的古老花树，开满了一树繁茂的粉白色樱花，在徐徐清风中，无数花瓣轻盈地飘落下来，如同下了一场盛大的花雨。

可是，光呢？怎么突然消失不见了呀！

我咬了咬下唇，又往前走了走，不多会儿就看到了一个俊逸清瘦的背影。好像有点儿熟悉！我晃了晃有些沉重的脑袋，我肯定在哪里见过的，那么好看的背影……

啊！时洛！应该是时洛吧？

我惊喜地跑到那人身后，期待地开口："时洛，是你吗？"

那人回头，熟悉的脸上有着清浅的笑意，他亲昵地捏了捏我的脸，说："是我呀，小满。"

果然是时洛呢！而且他还捏我的脸！

我开心得跳了起来："怎么你也在这里呀，可是这到底是哪里？"

时洛温柔地拍了拍我的头："傻瓜，迷路就迷路，你怎么哭了呢？"

咦，我哭了？

我纳闷地摸了摸眼角，果然湿漉漉的。

我撇了撇嘴，说："大概是因为拍完节目你就走了吧……时洛……我的腿真的很疼，我好希望你能陪在我身边，时洛……"

"为什么受伤时想要我陪在你身边呢？"时洛嘴角噙起笑意，那双灿若星辰的眼眸里宛若盛满了缱绻温柔。

我一个激灵，把藏在心里的情思脱口说出："我喜欢你呀，时洛，我好喜欢好喜欢你！"

说出来了！我真的说出来了！

我拍了拍胸口，紧张地盯着时洛。

他会怎么回答我呢，是拒绝还是……接受？

时洛淡淡地看了我一眼，突然从身后拿出一大把烤得金黄泛香的鸡翅，上面还洒着红彤彤的五香辣椒面："只要吃光鸡翅，我就喜欢你。"

咦……我震惊极了，怎么喜欢时洛就要吃光鸡翅呢？我很不喜欢鸡翅啊……不过，为了时洛，吃就吃吧！

我悲壮地咬紧牙关，想要接过那至少二十串鸡翅。

可是下一瞬，鸡翅没了。我再抬头，时洛也没了！甚至连那棵古老花树也消失了！

"啊！时洛，不要走！"我捂着胸口跳了起来，额头布满了细密的汗水。我喘着气睁开眼睛看了一圈——白色的房间、白色的床铺，嗯……还有啃着鸡翅、一脸迷茫地看着我的时澈……原来刚刚是做梦呀，难怪时洛说吃完鸡翅就喜欢我呢。

我失落地垂下头，有些怪自己为这么快就从美梦里苏醒。

"你喊时洛不要走……你梦里都是时洛？"时澈回过神来，气急地把鸡翅扔到了垃圾桶里，"没错，你刚晕倒，时洛那坏家伙就回来了，还紧张地抱着你到了医院，可是那又怎么样呢？他送你到了医院，就和我爸爸回家了，他根本就不是真的喜欢你，只是嘴上说说而已，慕小满，你清醒点儿吧！"

什么？我蓦地瞪大了眼睛，如果我刚刚没听错，时洛在离开节目组后又回去了，还送我来了医院，重点是，他还可能喜欢我？

为了避免这是梦中梦，我抬手在脸上重重掐了一下："啊！疼！"

时澈一脸"你是智障"的表情看着我，说："你掐那么重，要是不疼，我才真的服你。"

不是梦中梦！是真的！

我张大嘴巴，结结巴巴地道："那你刚刚说时洛……喜欢我，是不是我……幻听呀？"

时澈僵在原地，过了会儿才不情不愿地点头道："是，他喜欢。喜欢姜柠柠是我骗你的，那封情书上其实是你的名字……对不起，因为我真的很嫉妒我爸爸对他那么好，所以才故意捣乱，想搅黄你们的事情……甚至还假装追求你气他。这件事情我承认我确实做错了。但他并不像是喜欢你，为了拿冠军，你腿伤这么严重都要求你比赛，还把你丢在医院！"

喜欢我……时洛真的喜欢我！

我捂住嘴，开心得简直不知道如何是好。知道暗恋的人也喜欢自己的感觉，真是好好哦！原来两情相悦是这样美好的事情！

"喂……"时澈无奈地叹了口气，"你到底有没有听我后面的话呀？"

"啊？哦……"我回过神来，脸红成一片，"没事啦，一开始我就知道你肯定没有喜欢我，而是因为奇怪的原因追求我，所以你不用抱歉。"

"虽然你这么说我舒服多了，但是……"时澈敲了敲桌子，说，"我说的重点是时洛为了拿冠军而不管你的脚伤，他根本不是真正喜欢你！"

我看向自己包得像粽子一样的脚，摇了摇头，说："你错了，时洛根本不知道我的脚伤那么严重，而且忍着疼痛参加挑战也是我自愿的，只要他成功拿到NTV电视台的合同就好。"

"你是不是傻？"时澈震惊得眼圈都红了，"为什么你们都那么喜欢他，他到底有什么好，我爸爸为什么疼他比我还多，为什么？"

不是呀，你爸爸根本不是真的疼时洛！我在内心咆哮着，却又不忍告诉时澈他爸爸只是把时洛当事业的垫脚石。

我犹豫了一会儿，只好轻声说道："我不傻呀。其实我为时洛做的这些，还远远比不上时洛为我做的。而且参加真人秀，我可是拿了好多报酬呢，我不能只拿钱不做事吧。"

时澈还是气得全身发抖："不行，就算你拿了报酬，他也不能这么对你，你知不知道医生说了，你的脚二次受伤有可能会瘸的！要不是送医及时，你会瘸的！"

"所以时洛及时送我来医院了呀。"我摸了摸厚厚的纱布，轻轻笑了起来。其实在时庭竹找我让想办法让腿伤复发时，我就知道我的腿有可能会瘸，可我还是答应了。

时澈看着我现在的样子，眼睛里闪现出一丝挣扎。看我露出了微笑，终于还是说出了口。

"我真是无法理解你们！"时澈抹了抹眼角，把泪水全部擦干，"算了，你们的事情我也不想再掺和了。不过为了弥补之前利用你去报复时洛的事，等过几天你的腿好利索了，我就带你去见时洛。现在如果没有我，你肯定见不到他，我爸爸现在把他当宝看着，唯恐他磕着、碰着，头发丝沾到灰尘，所以不准他外出，也不许他用手机。"

咦？我心里闪过不好的预感，发生什么了吗，不然时庭竹为何不让时洛外出，还不许他用手机？

"反正你安心养伤。"见我不说话，时澈有些怜悯地看着我，"等你好一些了，我自然会带你去见他。要是你实在想看他，明天有《薄荷一夏·青春最上游》的总决赛直播。名义上是三校的参赛者才艺大比拼，但其实谁都知道，比才艺、比颜值，冠军肯定是时洛……"

"谢谢你啊，时澈。"我鼻头酸酸的。之前我和时洛常常见面，却不知道他喜欢我，现在好不容易知道了，却又只能通过冰冷的屏幕见到他……

时洛，你到底发生了什么呀？我好想你……

第二天我一睁眼就立刻打开了电视，心怦怦直跳地调到了NTV电视台，现在距离决赛还有三个小时呢，不知道会不会有赛前探班……

"各位观众朋友早上好，这里是NTV主办的《薄荷一夏·青春最上游》决赛现场！作为一档阳光、积极、正能量的青春节目，这次的三名参赛选手都是青春洋溢的学生，尤其是我们的时洛，更是超人气偶像。虽然距离决赛还有三小时，但是一直呼喊他名字的观众已经非常热情了。不过另两名选手也不遑多让，学校后援团也十分卖力。那么在比赛前，先让我们去探班一下三名参赛者，看看他们现在的状态吧！"

NTV的台标刚跳出来，甜美的女声就传了出来。我双手合十，眼睛眨也不眨地跟着主持人移动。神啊，拜托您让主持人第一个探班的是时洛吧！我好想看看他哦！

主持人走到一扇绿门前，特别神秘地小声开口："各位观众，据说绿色主题是时洛自己选的哦，现在他就在这扇门后面！大家想不想看看他呢？"

绿色……我的眼眶瞬间红了，想起了密室逃脱那次我们的选择。

原来时洛一直记得我喜欢绿色呀。

我拭去泪水，嘴里碎碎念道："想看想看！"

谁知主持人狡黠一笑："我知道大家肯定都很想看时洛，不过呢，我们还是先去看看另外两名队员吧！"

天啊，主持人的套路太深了！我咬住下唇，这种节目没有一两个小时，肯定是不会先看到时洛啦。

不行！我拍了拍石膏腿，我要去现场看时洛，我一秒也等不下去啦，我真的好想念他，哪怕是看一看他的样子也好啊！

说干就干，我打车到了NTV电台。一下车，我就被现场的人山人海吓到了。嗯……这简直堪比国庆节的旅游景点了……

"小姑娘！"这时一个笑得很和善的中年男人小跑到我旁边，问，"看你腿受伤了都这么坚强地来看时洛，内场VIP给你八八折怎么样？"

咦？我诧异地看向中年男人，他怎么知道我是来看时洛的呀？

"到这里来的，谁不是看时洛啊！"见我一脸疑惑，中年男人从包里掏出一沓金光闪闪的票，"怎么样？八八折！童叟无欺，一千八，内场VIP带回家，超级近距离观看时洛，堪比面对面的效果。"

本来听到一千八，我是拒绝的，可是听到面对面、超级近距离，我又犹豫起来。一千八虽然贵，但是大不了我周末再多打一份工好了，面对面见时洛，诱惑真的好大！

我咬了咬牙，从兜里掏出钱包看了一下："嗯……不好意思……我只有一千块……还是算了……"

"没事！"中年男人见状立刻把票塞到我手里，又把一千块抽走，"你这么有诚意，我就亏本卖给你好了。"

嗯……还可以这样吗？

我呆呆地看着手中金光闪闪的票，VIP票这么容易买到啊……不过总觉得哪里不对呢。我抬头想要问中年男人，却发现茫茫人海，哪里还有他的影子。

真是奇怪……难道他是骗子？

我的心顿时提了起来，惴惴不安地挪到检票口。

检票的工作人员接过票看了我一眼，说："小妹妹，追星也不能太拼啊，看你腿上的石膏，一会儿可得小心，今天来的观众都把场馆挤爆了。"说完她把副券撕掉，把票根递还给我。

我拍了拍胸口，舒了口气，还好票是真的！我对着工作人员感激地笑了笑，说："我会的，谢谢。"

进了场馆，我找了一圈，终于找到了传说中和时洛面对面的VIP豪华座位，原来是在侧面角落的看台上，难怪一千块就买到了……

我气得脸通红，这个位置确实和时洛"面对面"，不过是和超高清大荧幕上的时洛"面对面"！

"哇，你绝对是洛宝宝的铁粉呀，拄着拐杖都来看他。"突然旁边的女孩轻轻拍了拍我，双眸冒着激动的泪水，说，"我也是，我家离这里很远，要坐好几个小时的飞机呢！为了给洛宝宝加油，我特地让我妈妈带我来的哦，我可喜欢洛宝宝了！"

这也太夸张了吧！我惊讶地看着女孩，明明可以在电视上看直播呀，她也真是爱时洛爱得深沉。

"你不相信呀？"女孩嘟起嘴，从包里掏出一张机票，"我真的是飞过来的！"

"我相信我相信……"我赶紧点头，"只是我觉得有点儿奇怪，在这里看和看直播没什么区别呀，你没必要飞过来。"

"你不知道呀！"女孩鼓起脸，不开心地看着我，"你到底是不是时洛的铁粉呀，他今天要演唱他的新歌，我当然要来听现场啦，新歌啊！我们家时洛洛亲手写的新歌哦！"

时洛亲手写的新歌？我挠了挠头，他根本不喜欢当明星，怎么可能写歌呀？给他的航模写赞歌还差不多……

"哼，不和你说了，马上开始比赛了！"

女孩说完不再理我，举着荧光棒疯狂地喊起了口号："洛宝宝加油！洛宝宝，我爱你！洛宝宝……"

我深吸一口气，默默在座位上坐好，聚精会神地看着大屏幕。再过一会儿，我就可以见到时洛了。

不多会儿，场馆内暗了下来，舞台上打下一道白光，主持人也走了上来："观众朋友们中午好，这里是NTV主办的《薄荷一夏·青春最上游》决赛现场！历时六周的校园挑战，我们终于迎来了最后的三名王者。而今天，他们将在这个舞台上进行最后的决赛，选出王中王！当然啦，为了保证决赛的公正性，今天的结果以现场观众投票为准哦，绝对公平、公正！那么，我们先请上第一位参赛者，天兰学院的明轩承同学，他将为观众带来惊艳的孔雀独舞《思凡》，大家欢迎！"

啊……第一个果然不是时洛！我失望地垂下头，虽然心里清楚他是压轴，可还是好想先看到他。从知道他写情书的真正对象是我后，我想见他的心情简直就像草原上的野草不断疯长！

我昏昏欲睡地靠在椅子上，也不知过了多久，场馆内突然爆发出震耳欲聋的尖叫声，我顿时清醒过来，迷茫地看着喷着干冰的舞台，怎么了？

这时台中央缓缓升上来一抹清瘦的白色身影，那么熟悉，那么让我心动。我屏息望着屏幕上时洛的脸，立刻就尖叫出来了："时洛！"

在人山人海的场馆内，时洛自然听不见我的叫声，他仿佛置身于另一个空间般，淡定地坐在高脚凳上，怀中抱着一把电吉他。

时洛垂下眼睑，嘴角噙着一抹若有似无的笑意："这首《掌心的小木马》，送给你。"

他这话一出，尖叫声几乎把屋顶都掀翻了，唯独我震撼地起身，连拐杖都忘了挂。

小木马！时洛他真的写歌了！掌心的小木马……是纪念他爸爸送他的小木

马吗？

音乐声一响起，场馆内就安静下来，一束光打在时洛身上，他白皙修长的手轻轻拨动琴弦："看着你走到我面前，带来一片灿烂的星海，原来我的悲伤可以丢在没你的世界。你微笑着送我的小木马，温暖我的掌心，谢谢你给我勇气，牵着我飞跃恐惧……"

清澈的声音在我耳边炸开，我的眼泪就这么猝不及防地掉了下来，这是时洛写给我的歌！

虽然他不能来找我，但他知道我会看他的决赛，所以用这首歌告白吗？

他知道这些是我们共同的回忆，所以我一定会懂吗？

我爱的人，在向我告白。

我哭得很大声，旁边的女孩哭得更大声，她拉着我的手不停晃："天啊，洛宝宝这是有喜欢的人了吗？为什么唱得那么像在告白……"

我边哭边看着女孩："如果这是时洛向你告白，你会怎么做？"

闻言女孩一秒停住哭泣，认真思考后又大哭起来："当然是立刻追上去找他啊！告诉他我也一样爱他！啊，不能想不能想……这样我会更加嫉妒那个女孩的。不行，我是洛宝宝的理智粉，他喜欢的就是我喜欢的，呜呜呜……好难哦，洛宝宝……"

对哦，等比赛结束，我要去找时洛，告诉他我也好喜欢他！我抹掉泪水，静静听时洛唱完了歌，心里的暖意却像海浪一样一波一波涌上心头，让我忘却了烦恼，只想快点儿跟他在一起。

"好啦，今天的比赛就这么结束了。那么接下来到最紧张的环节了，看看谁的表演更受观众喜欢呢？"时洛下台后，主持人满面笑意地走了上来，"各位观众，你们的座位旁就有一个按钮哦，喜欢几号就为他投下宝贵的一票吧！计时三分钟，开始！"

主持人的话音一落，场馆内全是支持时洛的声音："时洛，时洛，时洛！时洛最棒！"

果然是结果毫无悬念的决赛。

我看着大屏幕上时洛飞速上涨的票数，也添砖添瓦地投了时洛一票。

"哇，看来观众真的很喜欢我们时洛呢，全场共有一万名观众，时洛的票有九千五百票！"主持人把时洛领了上来，把一个金光闪闪的奖杯递给他，"作为《薄荷一夏·青春最上游》的冠军，时洛，你现在有什么感想？"

时洛接过奖杯，恍惚地看着前方："我想见一个人。"

"一个人？"主持人笑得嘴巴都咧到了耳根，"是你歌中的那个人吗？"

大屏幕上，时洛微微笑了笑："是。"

时洛话音刚落，场馆内简直是尖叫声、哭声一片，主持人的尖叫声更是通过话筒响彻场馆："天啊，万千少女的梦中情人时洛恋爱了吗？我不相信！我代表广大女观众说不！"

听到主持人这么说，我旁边的女孩气得直跳脚："好烦，又被代表了！洛宝宝的决定，我都支持！"

我感激地看着女孩，要是时洛知道有这么一群可爱的姑娘如此喜欢他、如此支持他，肯定会很开心吧！

"好啦，咱们就不八卦了！再问，时洛会不好意思啦！"主持人嘻嘻笑了起来，"转回主题，《薄荷一夏·青春最上游》今天就完美收官了哦，后续我们会放出一些有趣的幕后花絮献给大家，同时第二季真人秀挑战也在紧锣密鼓

206

的筹备当中，会有更多……"

后面的话我已经听不见了，我只想见到时洛，立刻，马上！

2.

随着主持人的结束语，观众都犹如流水一样往外涌，为了追上时洛，我也拄着拐杖往外跑。

不算宽阔的地下停车场出口，时洛的保姆车刚出现，周围的人就全都挤了上去。

我看着汹涌的人群，皱了皱眉。算啦，这么多人，我还是不要挤上去了，等过后再想办法联系时洛！

我正准备往后走，却被身后的人推了一把跌倒在了地上，拐杖也不知道摔到哪里去了。

"啊……"下一瞬，一只脚踩在了我的手背上，我疼得叫了出来。

糟糕，现在人那么多，根本控制不住，我不会被踩死吧？

我害怕起来，拼命想要起身，可是周围的人一直挤来挤去，我怎么也站不起来，急得眼泪大滴大滴落在地上。

怎么办……时洛，救救我……时洛……

嘈杂的人群突然安静下来，我甚至能听到周围倒吸气的声响。我纳闷地抬起头，只见人群慢慢分开，一抹熟悉的身影快步向我跑来。

我眨了眨湿润的眼睛，天啊，是时洛！他真的来救我了！

"小满！"时洛一个箭步冲过来，直接把我抱了起来。

那一刻，我再也听不到周围的声响，也看不见周围的事物，满心满眼都只有眼前的时洛："时洛……"

时洛深深地看了我一眼，不顾周围的尖叫声和快门声，抱着我往前走，边走边说："抱歉，她需要去医院治疗，麻烦大家让一让。也希望你们不要再跟着我了。"

时洛的声音很小，人群却再一次安静下来，甚至有粉丝开始维持秩序，自动分开站在两侧："大家让开一些，不要挤着时洛了，他要带受伤的粉丝去医院！大家快让开！"

闻言，时洛微微晃了一下，抱着我对着人群鞠了一躬："谢谢。"

咦，这还是我第一次看到时洛对粉丝这么温柔呢。

我呆呆地看着他，他没有再回保姆车，而是抱着我随便上了一辆出租车。

看了看前面没有认出时洛的师傅，我红着脸说道："时洛，你放我下来吧，我没事的！你别看我的脚包着那么多纱布，其实一点儿也不疼！"

时洛严肃地道："你说的话，我要选择性地听。"

"啊？"我涨红了脸，轻轻捶了捶时洛的肩膀，"你说什么呢？我又不是骗子……"

"你是。"在一个公园停下后，时洛把我轻轻放到木椅上，"拍野外挑战的时候，你就骗我说你的腿没事，可比赛结束没多久，你就晕倒了。"

我惊讶极了，没想到时洛还记着那件事，看来我得快些转移话题才行！我吸了吸鼻子，说："嘻嘻，我保证以后绝对不骗你啦！那个……嗯，时洛你视力真的好好哦，竟然能看到我跌倒了。"

"你要庆幸人多堵着，不然……"说着时洛竟然哭了，大滴大滴的泪珠砸到了我手上，"如果不是我刚好看到你，慕小满，你有可能会被踩……"剩下的话他哽咽着没再说，猛地把我搂在怀里，"我当时好怕，好怕……"

"对不起。"感受到时洛的身体在颤抖，我心疼地轻轻拍打着他的背，"我只是好想见你，没忍住就跑来了现场……"

"你等我一会儿。"时洛轻轻吹了吹我被踩得通红的手，"我去药店买点儿药。"

我乖乖点头，双眼通红地看着时洛的背影。本来我有一箩筐的话想要问他，可是在看到他为我流泪那刻，我突然明白了，其实我什么都不用问，只要静静看着他就好。他比我以为的还要喜欢我呢。

过了十多分钟，时洛提着十几袋药跑了回来。他是把药店所有药膏都买了回来吧！

我蓦地瞪大眼睛，说："时洛，我的手只破了一点点皮呢。"

"我知道你的手只破了一点儿皮。"时洛垂着头，拿棉签蘸着酒精给我的伤口消毒，"不过我不知道你对哪种药过敏呀。"

天啊！他好细心啊！我控制不住地扬起嘴角："我没那么娇贵啦，什么药膏都不过敏。"

"那抹这个。"时洛拿出一管柠檬黄的药膏，"这是柠檬味的药膏，抹在手上不会刺鼻，女孩子的专用款。"

啊，他好温柔、好体贴啊！

我捂住嘴，眼睛都笑弯成了月牙儿。以前在孤儿院，我是大姐姐，那些可爱的东西都轮不到我。比如粉红色的毛绒玩具啦、水果造型的小包啦，但其实我很喜欢这些小女生的东西呢。

"笑那么开心？"时洛抹完药膏后，故意在我手上轻轻捏了捏，说道，"不疼？"

手上传来的温度真实而又温暖，我一下被时洛的美色冲昏了头，反手抓住他的手道："我不疼，只要你在我身边，多疼我都不怕！"

嗯，怎么感觉像狗血电视剧里情场老手哄骗良家姑娘的台词啊……我清醒过来，慌忙放开他的手，连手都不知道往哪里摆了。

慕小满呀慕小满，你的脸皮真是越来越厚了！

没想到时洛愣愣地看了我一会儿，突然目光缱绻地执起我的手："小满，我喜欢你。"

这告白简直来得猝不及防！

我脑海中瞬间炸开了烟花，心也跳得快极了，时洛他亲口说喜欢我啦！我脸红地咳了咳，说："我也喜欢你呀，很早之前就喜欢你了。"

闻言，时洛笑得无比灿烂，一口白牙好看极了："时澈说你这样孤单的女孩需要一个有家的人照顾你。虽然我现在是没有家啦，但我保证以后一定会给你一个幸福温暖的家。小满，你相信我！"

原来他还记着时澈故意刺激他的话！

我傻傻地看着时洛，伸手轻轻拭去他眼角不知何时沁出的泪水。原来在我因为误解他喜欢姜柠柠难过时，他也因为时澈的那些话而难受着，我却什么都不知道。

我深深吸了口气，猛地扑到时洛怀中，紧紧抱住他："傻瓜，有你的地方，就是我的家呀。啊……"

天啊，我的腿怎么又开始疼啦？简直疼得我牙齿都在打战。

"怎么了？怎么了？"时洛紧张地推开我，心疼地看向我的脚，"是不是碰着你的腿了，是不是很疼？"

听着时洛担忧的话，我本想说我是不小心碰到手上的伤口了，可是忽而想到之前答应不再骗他，我只好小声道："腿疼，特别疼……"

"稍微忍一下，我立刻送你回医院。"时洛小心翼翼地避开我的脚，把我抱起来。

虽然我不胖，但还是有五十千克，时洛抱着我走到医院肯定很辛苦。

"时洛，我还是自己走吧，只要慢一些，我的腿没事的！"

"没事我也想抱着你走。"时洛的双眸亮起耀眼的光芒，低头温柔地注视着我，"就算以后你变成两百斤的胖子，我也抱得动。"

我的脸蓦地红了，开心得不知如何是好。原来被人喜欢的感觉这样幸福，以后我不再是孤单一人的慕小满啦！

到了医院，时洛刚把我放到床上，他手腕上的可视手表就响了起来。他眉头微微皱了皱，犹豫片刻后还是接了起来："叔叔。"

"时洛，你快给我回来！"时庭竹不知是用多大的分贝，我坐在床上都听到了他的怒吼，我不由得担忧地拉住时洛的手。

时洛安抚地握住我的手，语气不变道："我现在有事。"

"时洛你听话。"时庭竹叹了口气，"刚刚美国来电话了，是关于时沅病情的，电话里说不清楚，你快回家吧。"

时洛的脸色瞬间变得苍白，他艰难地点了点头："我马上回来，小沅他……他没出什么大事吧？"

　　"你回来就知道了。"时庭竹叹了口气后就把视频电话挂掉了。

　　时洛的手微微抖了起来，他紧紧攥着我的手，语气轻得仿佛一片羽毛："小沅不会出事的，对不对？"

　　"嗯。"我红着眼睛点头，想起时洛钱包里那张照片，只觉心酸，那么可爱阳光的时沅，上帝怎么舍得这样对他呢？

　　"小满，我现在手机被没收了，只有这个可视手表能联系我。不过你不要担心，我回去后会想办法联系你的。"时洛揉了揉我的头发，突然倾身在我额头上轻轻吻了吻，"谢谢你给予我面对现实的勇气。"

　　目送着时洛消失，我走到窗边，双手合十看着湛蓝的天空。

　　万能又慈悲的神啊，求您保佑时沅不要出事，求您保佑他健健康康……

　　3.

　　我心神不宁地等到下午，时洛还是没有联系我。看着医院的白色墙壁，我心里的不安一点点扩大。

　　不会真出什么事了吧？我皱了皱眉，思考片刻后还是拨通了时澈的电话。

　　"小满？"时澈似乎在很嘈杂的地方，周围很喧闹。

　　我咬住下唇，颤声问道："时澈同学，请问你知道时洛现在是什么情况吗，他弟弟是不是发生什么大事了？"

　　"咦？"时澈惊讶地道，"我现在没在家。小沅不是在美国治病吗，你怎么会问他的事情？"

"是这样的。中午的时候你爸爸告诉时洛美国打来电话，说了些他弟弟的情况，让他快些回去商量。可是现在已经下午了，时洛还是没联系我，所以我担心他是不是出事了……"我焦急地看着时间，心突突直跳。不知道为什么，我总有不好的预感。

时洛，你可千万别出事呀！

"时洛去医院看你了？"时澈疑惑地道，"不可能呀，我爸看得那么紧，时洛怎么联系你呀？"

"那能不能拜托你带我去见他……"听到时澈的话，我急得一下从床上跳了起来，对呀，时洛没有手机，根本无法联系我呀！

"嗯，你也不要太着急。"时澈似乎走到了安静的地方，周围一下安静下来，"我就在医院附近，你准备一下，我立刻带你去找时洛！"

"嗯，谢谢你！"我挂掉电话，拄着拐杖开门等着时澈。

果然，不一会儿时澈就气喘吁吁地出现了："走吧，我家司机在楼下等着我们。"

"太谢谢你了！"我感激地对着时澈鞠躬，"真是对不起，我之前还吐槽你是两面怪，三面怪……是我错了！"

时澈别扭地"哼"了声："我也不是那么好啦，不过是为了弥补之前利用你的事……不对，我怎么是两面怪、三面怪？"

我吐了吐舌头："不好意思啦，那时候不认识你呀，看到你对时洛那么凶，所以就……"

"又是因为时洛。"时澈不开心地摆摆手，"算了算了，走吧，早点儿让你们见面，我也好不再自责！"

车开得很快，不到一小时，我们就到了时澈家。我跟在时澈身后，紧张得全身都在发抖。时洛可以千万别出事呀！

没想到时澈刚打开门，就听到了屋内激烈的争吵声。我和时澈对视了一眼，迅速躲到了鞋柜后面，瞪大眼睛看向客厅。

时洛面无表情地站在客厅里，冷声道："你把我关一辈子，这合约我也不签。"

天啊！我和时澈面面相觑，时庭竹发疯了吧，竟然把时洛关起来了！难怪时洛一直没联系我呢……

时庭竹脸色铁青地道："时洛，那天比赛后你无论如何都要折回去看那小姑娘不去NTV签约，我想着你是我侄子就答应了。现在你不签约，有没有想过我是你叔叔呢？"

时洛脸色泛白："叔叔，如果你真关心我，就不会用小沅的事情骗我回来。"

"我不用时沅骗你，你会回来吗？"时庭竹冷笑道，"在NTV电视台的时候，我不准你下车，你为了她还是跳了下去，还抱着她离开。我就问你，除了时沅，谁还能比得上她？"

原来时沅的事是假的！我心里的石头总算落地了。还好时沅没有真的出事，不然时洛肯定会很难过。

"叔叔，我已经决定不当明星了，无论你说什么，我都不会签约。至于小沅的医药费，我会做另外的工作攒钱的。"时洛握紧拳头，眼神坚定地看向时庭竹。

时庭竹叹了口气，忽然脸上扬起一抹得意的微笑："是吗？做另外的工作攒钱……如果我就这么关着你，你去哪里工作呀？喷，连门都出不去，谁来聘请你？"

"叔叔……"时洛难以置信地道，"你真要这么做吗？"

"当然！"时庭竹猛地揪住时洛的衣领，总是笑眯眯的脸上浮起几丝狠厉，"你以为我为什么平白无故对你那么好？要不是你能成为我事业的奠基石，我才懒得管你！我告诉你，这合约你要是不签，就会毁掉我的事业，那我也不会顾什么亲情，直接断了时沉的药，我看他撑不撑得到你攒钱去救他！"

说着说着，他的表情已经有些狰狞："哦，你大概忘了你的钱和你爸妈的财产协议都在我手里吧？唉，可怜的小沉哟，就要因为你的任性得不到治疗了呢。喷喷，我再问你最后一次，NTV的合约，你是签还是不签？"

时洛那双璀璨的眼眸顿时失去了色彩，他紧紧抿着唇，轻微地点了点头。

无耻！这世上竟然会有如此厚颜无耻之人！我气得把手指捏得咔咔响，却不想旁边时澈把手捏得更响。我震惊地看向他，只见他眼眶通红，晶莹的泪水不时从他眼中滴落。

"我从小就讨厌时洛，讨厌他一来就抢走了我爸爸全部的关爱……"时澈扯出个比哭还难看的笑容，"可原来这些都是假象……时洛他一直被我爸爸逼迫，而且还是用躺在病床上的小沉作为筹码！小沉是多么天真可爱的弟弟，我爸爸怎么能……"

剩下的话，时澈已经说不出来了，他紧紧咬着下唇，沁出血了也不放开。

我叹了口气，也不知道如何安慰他，毕竟时庭竹真的太过分了，不，应该是冷血！

过了会儿，时庭竹满意地笑了，拍了拍时洛的肩膀，说："小洛，也不是叔叔真的冷血，只是你好我好小沅好的事情，你为什么不做呢？这样吧，明天去NTV签完约后，我立刻给小沅转这个月的医疗费。"

时洛垂下头，蓬松的头发瞬间挡住了他的表情："谢谢叔叔。"

"都是一家人，别客气别客气。"时庭竹的心情特别好，边哼歌边穿上西装外套，"小洛，叔叔出去给你谈一个高端广告代言，你这几天太累，就好好在家里休息吧。"

说完时庭竹向玄关走来。

时澈慌忙拉着我往后退了几步，藏到了衣帽间里，神情严肃地看着我说："一会儿等我爸爸走后，你把时洛带走吧。"

"离开？不……"我难受地摇摇头，"时洛他不会同意的，他自己其实也想走呀，可是走不了……你也听到了，时洛弟弟的医疗费很贵……"

"你不说我说！"听到门关上的声响，时澈用力抹掉脸上的泪水，打开衣帽间的门跑了出去。

我心里咯噔一跳，也慌忙跟到了客厅。时洛还是垂着头，手中不知道是什么，被他握得紧紧的。

时澈红着眼睛走到他面前，说："时洛，你走吧！不要再任我爸爸摆布了！"

听到他的声音，时洛才仿佛回魂般抬起头："我是可以走，但是小沅呢？他的药一天都不能断……为了小沅，我是不可能离开的。"说完，他的脸上闪过一丝落寞，"等到明天，我就会签下NTV的合约，按照叔叔所规划好的路，就那么走下去……"

"堂哥你清醒点儿！"时澈双眼通红，猛地抓住时洛的肩膀晃了晃，"我记得小时候每次家庭聚会，你都说未来的梦想是设计飞机，如果按照爸爸的规划，你会错过你的梦想！"

"为了小沅，选择权已经不在我手里了。"时洛无奈地笑了笑，"小澈，你终于愿意再喊我哥哥了啊。"

"对不起。"时澈哽咽道，"我误会了你那么多年，我没想到我爸爸他那么……过分！你放心，事件还没到绝望的地步，虽然你可能拿不回来这几年你赚的那些钱，但大伯他们的遗产肯定是留给你和小沅的，我们只要找到财产协议，我爸爸也没办法再威胁你！"

咦！对呀，只要找到财产协议，时庭竹就没有威胁时洛的筹码，而且应该也会有足够的钱给时洛的弟弟治病！

时洛的眼睛也亮了起来："谢谢你，小澈……"

"别说那么多了，我们快去书房，我爸爸有什么重要文件都放在书房，财产协议肯定在那里！"时澈对着我点点头，"小满也一起来找吧，人多力量大。"

"嗯！"我拼命点头，小跑到时洛面前，"找到财产协议后，跟我走好不好？"

时洛定定地看了我一眼："你怎么不在医院里？万一又伤到脚怎么办……"

看着时洛关心的眼神，我心里瞬间像是有猫爪在细细挠着似的。他那么悲伤的时候，竟然还担心我，我真的好感动……

我吸了吸鼻子，说："我没事的！医生说石膏板只是为了固定，其实并没有多严重，明天就可以拆纱布了。"

时洛这才轻轻舒了口气："那就好。"

"别肉麻了！"时澈受不了地摊了摊手，"先找财产协议再说！"

嗯……确实有点儿肉麻！

我脸红了，赶紧拉着时洛跟着时澈上了二楼。

时庭竹的书房很大，书柜都有好几排，像个小型图书馆似的。我们三人商议了一会儿，决定分成前、中、后三个区域，每人负责一个区域。

我分到了前排区域，是时庭竹的办公桌和装饰柜。我找了一圈，除了一些办公资料，并没有财产协议之类的文件。

"啊……"突然，时澈叫了一声。

咦！难道时澈找到财产协议了？

我快速跑到他面前，问："找到了吗？"

时澈瞪大眼睛看着手中的文件，整个身子都晃了晃："怎么会……怎么会这样……"

闻言，我心里闪过不好的预感，心猛烈跳动起来。奇怪，为什么我的心突然跳得这么快？

这时时洛也走了过来，不解地看着时澈道："小撤，你怎么了？"

"我，我……"时澈见时洛过来，下意识地把文件往身后藏，"没什么，没什么……"

"怎么可能没什么。"时洛的脸色凝重起来，"你是不是发现什么了？"

时澈沉默了，眼睛里蓦地掉下一行眼泪。过了几分钟，他像下定决心似的，把文件塞到了时洛手中："这是……小沅的死亡证明……时间是三年前……"

"什么？"我难以置信地捂住嘴，时洛他弟弟死了吗？还是三年前！

时洛拿着文件的手抖了起来，他猛地把文件丢在地上："我不看，你在骗我！叔叔明明说小沉在医院里好好的，每天都在治疗……"

时澈捏紧拳头，声音都嘶哑了："你再不想承认，小沉也……去世了……"

时洛面色苍白地看向我："小满，小沉没有离开我对不对？叔叔说……"

"他的话根本不可信！"时澈一下爆发了，他抱着头跪倒在地，大声哭道，"他肯定是为了霸占大伯的遗产和利用你，所以一直隐瞒了小沉的事情！他只是为了利用和压榨你而已，怎么可能告诉你真相……我怎么会有这样的父亲！"他一边哭，一边喃喃自语，"你还记得他说小沉要待在无菌病室，所以你不能去看他吗？其实就是为了他的谎言不被戳破！"

他的话像是一把尖刀戳破了蒙住真相的布，扑面而来的悲伤瞬间涌入整个房间，让我们都被这股意料之外的难过淹没。

时洛彻底崩溃了，他乞求般地看向我："小满，你告诉我，这一切都是假的，求你……"

我的泪水啪嗒掉了下来，上前把时洛紧紧搂在怀里："时洛，虽然知道你很难受，但我还是要告诉你，这是真的……"

时洛不说话了，他把头埋在我肩上，过了会儿我的脖颈传来湿意，时洛哭了……

我咬住下唇，轻轻拍打着他的背，说："以前在孤儿院时，我总是很羡慕那些有爸爸妈妈的小朋友，因为他们饿了可以喊妈妈，哭了可以喊爸爸……后来我哭着问院长阿姨为什么我没有，她说爸爸妈妈其实一直在我身边，只不过他们比较特殊，我看不见他们，只有他们能看见我。如果我哭的话，爸爸妈妈也会很难过……时洛，如果你伤心的话，你的爸爸、妈妈和弟弟，也会很难过的……"

时洛紧紧抱着我没有说话，时澈流着眼泪站在旁边也没有说话。

我们就像是在用静默一起怀念时沅，那个他们印象中乖巧听话的弟弟。

过了会儿时洛带着鼻音的声音传来："小满，我们走吧。现在小沅已经不需要医药费了，我不会再任由叔叔摆布了。"

我点了点头，时澈也点了点头。早点儿离开这里也好。

"你们在这里做什么？"突然，时庭竹出现在书房的门口，他震惊地看着我们，"你们竟然趁我不在，偷溜进我的书房！"

他怎么回来了？我有些慌乱，他要是知道时洛发现了他弟弟已经去世的事情，会不会又要强行把时洛关起来呀？

"这是……"时庭竹眯了眯眼睛，快步上前捡起被时洛扔掉的死亡证明，在看清文件上的内容时，他的脸色由青转白，"小洛，你……知道了？"

"没错，我全部知道了。"时洛抹掉眼泪起身，神情淡漠地拉着我往外走，"所以你以后再也没有威胁我的筹码了。"

见我们要走，时庭竹赶紧挡在门口，震怒道："不许走！这么多年来，我为你铺了那么多路，每天四处奔走去谈资源，你马上就要成为巨星了！你怎么可以走？"

"为我铺了那么多路？"时洛仿佛复读机一般把时庭竹的话重复了出来，眼眸里毫无波澜，"你所做的一切都是为了你自己而已，甚至为了继续利用、压榨我，你连小沅的最后一面都不让我见！我最后叫你一声叔叔，也最后一次

220

告诉你，从今以后，我时洛和你再无任何瓜葛，你别再妄想可以摆布我。"

"不可以，你不能走！你明天必须和我去NTV签约！"时庭竹双眼通红地扑过来掐住时洛的脖子，像个疯子一般咆哮道，"我花费了那么多心血，明天就要成功了，我不会让你跑掉的。"

这人真是够无耻的！我气急地想要推开他，却发现他的大块头不是白长的，我根本就推不动他。眼见时洛脸色越来越苍白，我不由得哭道："求求你放开时洛，他是你侄子呀，求求你……"

"够了！"时澈跑上来拼命推开时庭竹，"你到底是不是我爸爸？"

被时澈这么一推，时庭竹眼里的血红少了一些，他嘟囔道："小澈，我当然是你爸爸呀。"

"你是我爸爸，为什么从来不管我？"时澈双眼通红地怒斥道，"就是因为你只顾出名赚钱，所以妈妈和你离婚出了国。可是没想到，妈妈走后你还是死不悔改，从来不理我，甚至连一次家长会都没有参加过！而自从时洛来了后，我第一次知道你竟然会如此关心别人，于是我一直讨厌他，处处和他作对。但是没想到……你还是那个你，永远只顾着出名赚钱！"

时庭竹脸上霎时没了血色，他哆嗦着想要拉住时澈："小澈，爸爸赚钱也是为了你啊……你……"

"你说谎！"时澈用力拍着他的胸口道，"从小到大，我见你助理的次数比你多，我生病了也是他送我去医院，我问你……你知道我做过阑尾炎手术吗？你知道我食物中毒过吗？你知道我胃不好吗？你不知道……你只知道哪里又有影视资源了、广告资源了……或者怎么炒作，时洛才能更红！"

时澈的眼睛变得通红："你这样的人，怎么配做我爸爸？我……怎么会有你这样的爸爸？我们……又怎么对得起时洛？”

说完，时澈跌跌撞撞地跑了出去。

时庭竹握紧拳头，也慌忙追了出去：“小澈……”

等他们离开后，书房瞬间安静下来，我心疼地摸了摸时洛脖子上的红痕，问：“疼吗？”

时洛轻轻摇了摇头，推开我的手起身浑浑噩噩地往外走：“我要走，我要离开这里……”

看着他单薄的背影，我恨不得刚才时庭竹掐的是我。虽然时庭竹如此对待他，但在他心里，时庭竹是他为数不多的亲人之一呀。可他心中的亲人，刚刚为了名气和金钱，竟然想要掐死他。再加上弟弟的噩耗，他怎么承受得住……

我轻手轻脚地跟着时洛出了时家，唯恐发出一点儿声音惊扰了他。现在他需要一个安静的空间，我一定不能吵到他。

天地仿佛也知道时洛的悲伤似的，本来阳光明媚的天瞬间暗了下来，风呼呼地吹过路旁的景观树，不时有树叶飘落下来。时洛就像个提线木偶般，形单影只地走在漫天的落叶中。

神啊，你怎么舍得让这么温暖的人难过呢？我捂住嘴，再也忍不住地抱着双膝蹲在了地上，咬着嘴唇低声哭了出来。

也不知道哭了多久，头上突然传来温暖的触感，时洛带着鼻音的声音响起：“别哭了，你怎么表现得比我还难过？”

我诧异地抬头，就见时洛蹲在我面前，特别温柔地摸着我的头，我下意识地停止哭泣，抽抽噎噎地道：“时洛……”

时洛轻轻笑了笑，突然把他的左手伸到我眼前，说道：“知道这里面是什么吗？"

是什么呀？我不解地看向时洛握紧的拳头，从我到时家开始，他的左手一直没松开过。

"难道这里面有什么东西让你不难过了吗？"

"是。"时洛放开左手，一个系着红绳、精致小巧、圆滑锃亮的小木马映入我的眼帘。

我惊讶极了，这不是我送时洛的小木马吗？

"没错，就是你送我的小木马。一开始为了有勇气和叔叔摊牌，我把它握在了手里。"时洛细细摩挲着小木马，脸上扬起浅浅的笑容，"本来我一直很难过，觉得全世界满是灰暗，只有我一个人。可就在那时候，我的掌心传来了温度。我一下就想起了你，瞬间清醒过来了。 我并不是一个人，不是吗？"

"而且……"时洛像是想到了什么，眼神也变得幽远，"你说得对，小沉从来都是一个乖巧听话的孩子，他肯定不会希望看到我难过。只是我好恨，恨自己一直没有跟他联系过，连他最后一面都没有见到，他是不是会带着遗憾离开这个世界呢？"

"没关系的，你也说了他是个乖巧的孩子，肯定能理解哥哥的苦心，毕竟你努力工作都是为了他呀！而他现在也只是先去见爸爸妈妈了，如果你想他……以后我可以陪你去看他。"到时候请时澈帮忙让时竹庭说出时沉在哪里，可能会好一些吧。

"是啊，小沉肯定也很想我，我不能消沉下去，要早点儿见到他。"时洛终于下定决心，他看了我一眼，牵起了我的手，"我现在还有你，我要告诉小沉，哥哥现在在这个世界上并不孤单。"

　　"时洛……"我猛地扑到时洛怀里，紧紧抱着他，"你不……啊！"我正想来个深情告白，小腿竟然疼了起来。

　　真是气死我啦，明明医生说很快会好啊，为什么每次一到关键时刻，就掉链子啊！

　　"小腿又疼了？"时洛微微皱起了眉，"不行，这次一定要等到你的腿完全康复，我才准你走路！"

　　说完时洛轻松把我抱了起来，不容置疑地往医院方向走。

　　时洛，你以后都不会孤单的，因为除了在天堂的爸爸妈妈和弟弟守护着你，以后的路我也会陪你一起走。

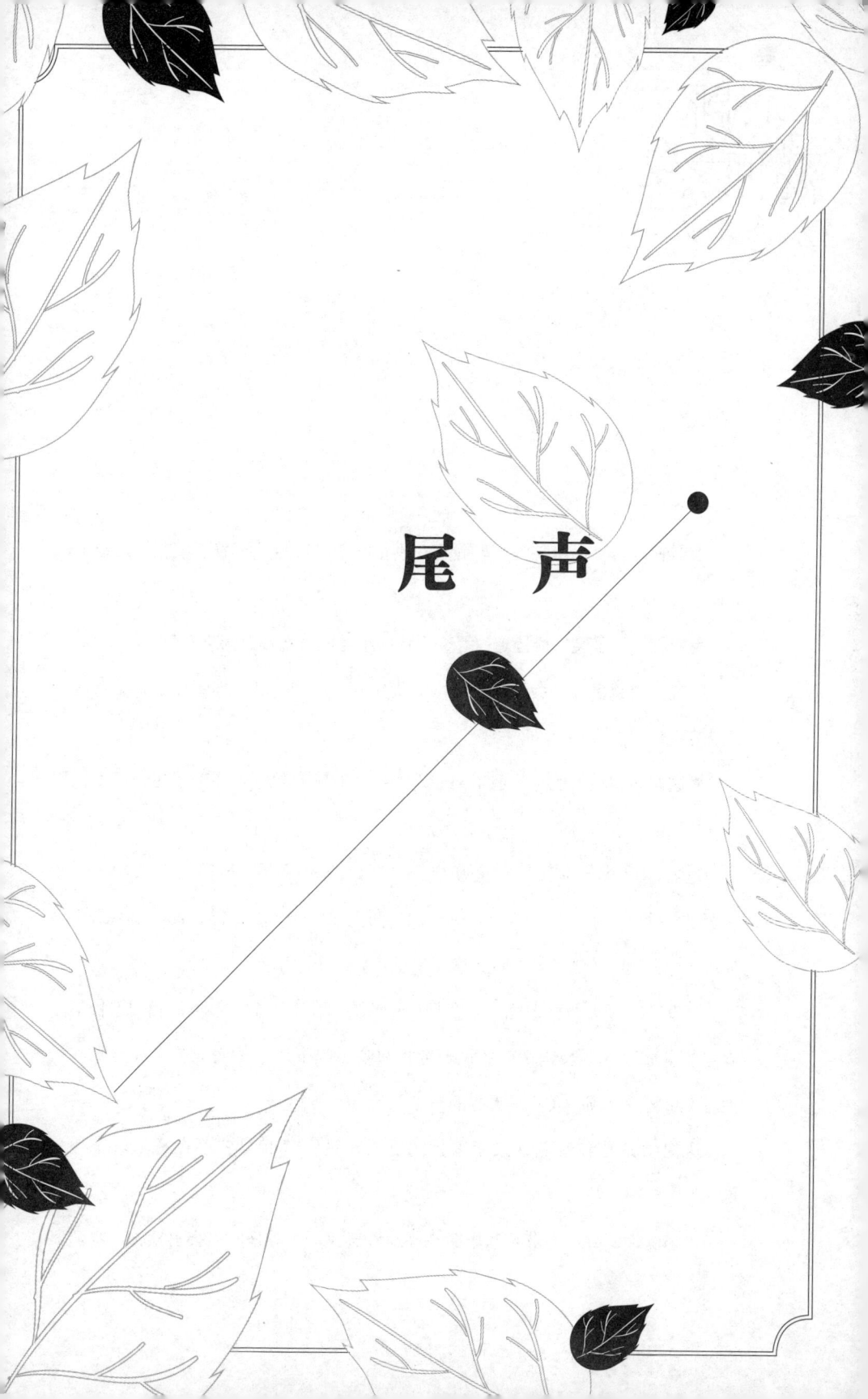

尾 声

一个月后。

“小满，恭喜你出院啦！”我正在收拾行李，苏也秋捧着一束花推门走了进来。

我看着她笑了笑，揶揄道：“今天你的小尾巴怎么没有跟来？”

闻言苏也秋羞红了脸，把花束塞到我怀里道：“小满，你学坏了！竟然这么取笑我！”

“这怎么算取笑呢？”我故意噘起嘴，“有国际冠军当你的小尾巴，多拉风呀！”

是呢，自从苏也秋和牧星互相表白后，两人简直好得像一个人，全天二十四小时，除了上课和晚上休息时间，两人就像连体婴一样！真是没想到牧星那样大大咧咧的男孩子，谈起恋爱来竟然会大变样！

“没有，今天他要训练，下个月有一场国际长跑比赛。嘻嘻，我们家牧星肯定能拿冠军，他长跑……”说着苏也秋咬了咬下唇，不安地瞥了我一眼，“对不起啊，小满，我不是无心的……”

这傻姑娘。我亲昵地敲了敲她的额头，说：“我早就不在意啦，小傻瓜。”

“小满你真好。”苏也秋眼睛亮亮地看着我，“难怪时洛会喜欢你。哼，小满你很不够朋友呢，你和时洛的关系，我竟然前几天才知道！要不是我突然进来撞到他给你喂饭，你都不告诉我呢！"

嗯……提到喂饭，我的脸顿时火烧火燎起来。都是时洛，我明明伤的是脚，他竟然以我受伤拿不了筷子为由喂我饭，请问他是觉得我平时用脚拿筷子吃饭吗？

我咳了咳，把最后一件衣服塞到行李箱里，说："其实我也是才知道时洛也喜欢我呀，所以一直没有告诉你。"

"也是！"苏也秋激动地道，"讲实话，我到现在都还不敢相信时洛喜欢你。不是别人，是时洛啊，全国少女的梦中情人！天使般的外貌、男模般的身材、智商爆表的学霸，天啊，简直不能更完美！可是这样完美的他温柔地喂你吃饭！啊，我的少女心都要炸裂了！"

我认同地点点头。嘻嘻，我家时洛就是那么好呀！

"所以他突然宣布退出娱乐圈好可惜哦，屏幕上又少了可以舔屏的小鲜肉！"苏也秋鼓起包子脸，"当时有多少粉丝哭得上气不接下气啊！"

"确实。"我想起时洛宣布退出娱乐圈那几天，时洛那些粉丝哭得可厉害啦，还有好多电视台和八卦杂志追着报道。时洛看到粉丝说会支持他一切决定的报道后，也悄悄哭过……那些粉丝是真的爱他……

"说到这个……"苏也秋拉住我的手，说，"我前几天遇到姜柠柠了，她现在在一所国际学校读书，听说过段时间她就要出国了……"

姜柠柠……我顿时愣住了，自从校门口横幅事件后，我再也没见过她了。虽然知道之前的一切都是她为了把我赶出学校而设计的圈套，但我并没有恨她，毕竟她是我在孤儿院时唯一的好朋友，在那些想念爸爸妈妈的夜晚，是她不厌其烦地陪着我在阳台数星星。

"小满，她让我转告你，对不起。"苏也秋不开心地皱了皱眉，"不过我还是帮你骂她了，真的好过分哦，竟然陷害你！"

"哈哈，谢谢你，既然你帮我骂了她，那我就接受她的道歉吧！"我提起行李箱，心情极好地拉着苏也秋出了医院。

今天是个特殊日子，我一定要早些去孤儿院！

和苏也秋吃完出院餐后，我坐上了去孤儿院的地铁，手里拿着一个薄薄的文件袋，里面装有《薄荷一夏·青春最上游》两百万报酬的支票。明天就是最后期限，我要赶紧把钱交给院长阿姨！

到了孤儿院，我一眼看到了院子里和小朋友玩耍的晴晴。

咦！晴晴怎么回来了？她前段时间明明被她爸爸接走了呀！

原来晴晴并不是被父母丢弃的孩子，而是家里带她出来买东西时，一个不察被人贩子偷走了，只是后来人贩子发现晴晴是女孩，卖不了好价钱，所以干脆把她丢弃了，没想到刚好丢在了孤儿院门口。

还好晴晴的爸爸妈妈没有放弃，一直努力地寻找她，终于在前不久成功找到了孤儿院！

"晴晴！"我跑过去一把抱住她，"你怎么回来啦？"

"小满姐姐！"晴晴看到我，立刻笑得像一朵灿烂的小花，"我是回来看你的啊！"

"是吗？"我笑着挠晴晴的痒痒，"小骗子，明明昨天你妈妈才带你去医院看我，你今天怎么可能还来孤儿院看我！"

晴晴一下红了脸，拉住我的衣角小声道："我真的是来找小满姐姐的，不过是为了通过小满姐姐找到天使哥哥！"

时洛？我诧异地挑了挑眉，不对呀，晴晴怎么突然想找时洛了呢？她前些日子在幼儿园里遇到了一个小帅哥，不是表明不再喜欢时洛了吗？

我咳了咳，说："坦白从宽，你找天使哥哥做什么？"

"不是我，是我爸爸！"晴晴咯咯笑了起来，"我把天使哥哥救我的事情告诉了爸爸，爸爸说要请天使哥哥吃饭呢！所以我就来和小满姐姐要电话号码啦！"

原来是这样！我笑了笑，在便条贴上写下时洛的电话号码递给晴晴，说："晴晴你先在这里玩吧，号码我给你了哦。"

说完我拿好文件袋，蹦跳着小跑到院长阿姨的办公室："院长阿姨！"

"哎哟，小满！"院长阿姨正在擦拭老花镜，看到我，她笑得嘴都合不拢了，"你的脚好了？"

"嗯！"我把文件袋递给院长阿姨，高兴地道，"这是两百万，院长阿姨你快拿去补上孤儿院的缺口吧！"

"小满……"院长阿姨的眼圈顿时红了，"阿姨真不知道怎么感谢你……上次芒芒打电话问我你的事情，我还以为她是想联系你，所以就把孤儿院的事情和你的地址告诉了她，没想到她却……小满，阿姨对不起你，你却还是一如既往地帮我，帮孤儿院……"

"阿姨您说什么呢，您是我的家人，孤儿院是我的家呀，我当然应该帮忙啦。"我拭去院长阿姨脸上的泪，轻声道，"芒芒的事情就更不关您的事了，您也不知道她会陷害我。而且其实我已经不怪她了。"

"好孩子。"院长阿姨揉了揉我的头发，笑吟吟地道，"阿姨一会儿给你

包饺子，不吃完两大碗，阿姨可不让你走！"

"好呀！"我笑得眼睛都眯成了一条缝，院长阿姨包的饺子可好吃了，别说两碗，三碗我都能吃得下！

在孤儿院吃完晚饭后，我才揉着快撑破的肚子上了最后一趟地铁，今天时洛说有事情要忙，不知道现在忙完了没。

我拿出手机，这才发现手机已经没电自动关机了。算啦，等到家再联系他吧！我微笑着靠在车窗上，看着外面五彩的霓虹灯，觉得自己真是全世界最幸福的人。

孤儿院保住啦，时洛也喜欢我，嘻嘻，好开心！

下车后，我慢悠悠地散步到家，正准备开门，时洛就从旁边的花坛边走了出来。

月光下，他笑得宛如天使，柔和的笑意让他本来就出众的面孔显得更加好看，我不由得看呆了。

"又看傻了？"时洛亲昵地刮了刮我的鼻子，"别以为你夸我长得好看，我就会原谅你这么晚才回家，我可是饿了两个小时。"

什么？我瞬间从花痴状态中回过神，时洛竟然还没吃晚饭！他之前为了拍戏，经常不按时吃饭，胃很不好！

我噘起嘴嘟囔道："你不是答应我按时吃饭的嘛！"

"其实我吃了，只是那家快餐的厨师没有你的厨艺好，我吃了几口就吃不下去了。"时洛委屈地拉住我的手，说道，"都是你把我的胃口养刁了，你要负责！"

嘻嘻，我做的菜确实很好吃呀。

我打开门，说："那我包饺子给你吃好不好？今天在孤儿院，院长阿姨也包饺子给我吃了，超级好吃！"

时洛点了点头："你今天是去送两百万吗？"

"嗯！"我围上围裙，从冰箱里拿出找猪肉和香菇，"明天就是最后期限，所以要快点儿把钱拿给院长阿姨。"

时洛静静看了我一会儿，突然跑过来在我脸颊上吧唧亲了一口，说道："小满，对不起！要是早知道你是为了孤儿院才想赚到两百万，我一定不会嘲讽你拜金。"

"那时候确实很像拜金呢。"感受到脸上柔软的触感，我脸红地洗着香菇，说，"不对，我确实是拜金了啊，我是很想赚那两百万来着，还要谢谢你给了我机会呢！"

嘻嘻，那时候时洛还特别自大地告诉我千万不要喜欢他，没想到他真是未卜先知，我确实喜欢他了呢！

"小满，今天我拿回了我的合法财产，法院也剥夺了叔叔对我的监护权。"在我包饺子时，时洛笑吟吟地撑着下巴看着我，"从今以后我可是黄金单身汉。你有没有什么想说的？"

咦！官司这么快就结束了》上次律师不是说因为时庭竹关系网大，所以官司要拖上很久吗？

我惊喜地看向时洛："幸运之神眷顾你了！"

"不是幸运之神，是你。"时洛温柔地执起我沾满面粉的手，"从遇见你开始，我就遇到了幸运之神。本来因为叔叔的人脉，官司确实要拖很久，可是没想到今天下午，S市最出名的律师给我打了电话，说他研究了我的资料，就算叔叔再有人脉，他也能帮我打赢官司。"

S市最出名的律师，听起来就好厉害，可是这和我有什么关系呢？

我不解地看向时洛："那你的幸运之神应该是这位律师呀！"

时洛笑了起来："律师是晴晴的爸爸。他为了感谢我替晴晴付了医药费，特意抽空来帮我打了这场官司。"

天啊！原来晴晴跟我要时洛的电话号码，是为了这件事呀！

"所以你说你是不是我的幸运之神？"

嗯……幸运之神，好肉麻啊……

我吸了吸鼻子，脸红地垂下头，说道："那你的幸运之神也是晴晴，不是我啦。"

"不行，我说是你就是你！"时洛霸道地把我圈在怀中，俯身在我耳边轻声说道，"明天我打算……去看看小沅，你和我一起去好不好？"

闻言，我郑重地点头，随即微微皱了皱眉。这是时洛第一次去看望弟弟，他不说我也会陪他去的，只是不知道小沅的墓地在哪里。

"我知道在哪里。"时洛看出我的忧虑，轻声解释道，"小沅的墓地写在了死亡证明上，小澈前些天发邮件告诉我了。"

原来是时澈呀。我抿着嘴唇，那次他失控跑出去后，险些出了车祸，听说是时庭竹拼死救下了他，即使时庭竹对待时洛那么冷血，但终究还是爱着自己的儿子的……

"时洛。"我轻轻开口，"你还恨你叔叔吗？"

"也许有一天会不恨吧。"时洛的眼眸暗了暗，"至少现在，我无法原谅他为了利用我，不让我去见小沅最后一面。"

"嗯，我明白的！"我踮起脚抚平时洛皱起的眉，说道，"其实我是想和你说，我一点儿也不希望原谅你叔叔！他发疯的时候，差点儿掐死你，我好讨厌他！"

时洛微微弯起嘴角，紧紧抱住我："嗯，那我们就不原谅他！"

时沅的墓地在城郊的墓园里。我和时洛到的时候，墓前已经放了一束菊花，看新鲜程度，应该是前几天有人来祭拜过。

我把时洛为时沅买的零食放到一旁，蹲下身把菊花挪到一旁："时洛，你说会是谁放的呢？"

"是小澈。"时洛也蹲下身，轻轻摩挲着墓碑上的照片。照片里的时沅可爱极了，笑得阳光灿烂，怎么都无法让人相信他已经离开了这个美丽的世界。

"小时候，我们三兄弟感情特别好。尤其是小澈和小沅，两人总能玩到一起去。比起我这个亲哥哥，小沅更喜欢和小澈一起玩。不过自从我被叔叔接到了他家，慢慢地，小澈就不再理我了，也不会提起小沅……那天他知道小沅去世，应该也很难过。"

是呀，那么可爱的孩子去世了，哪怕我不认识他，都觉得特别难过，更别说曾和他朝夕相处的时澈了。

还有时洛……我看着他单薄的背影，其实比起我这个不知道亲生父母在哪里的孤儿来说，他失去家人会更加难过。就像姜柠柠说的，因为没有拥有过，所以不知道拥有的感觉有多么好，而一旦拥有过，再失去该多么无助、多么不舍啊。

"时洛。"我轻轻靠在时洛的背上，手紧紧握住他的手，"我其实不知道未来到底会有多远，但是我向你保证，我一定会一直陪着你走下去，不会让你孤单。"

"傻瓜，你这是怎么了？"时洛没有回头，但是微微颤抖的肩膀泄露了他的情绪。

我轻轻笑了笑，更加用力地握紧他的手，想要把所有的温暖都送给他："我没怎么呀，就是突然很想告诉你，时洛，我好喜欢好喜欢你。"

这时时洛转过身来，目光缱绻地看了我许久，然后低头贴上我的额头，嘴角扬起灿烂的笑容："小满，我也好喜欢好喜欢你。"

我慕小满会一直和时洛在一起，共同度过以后的每一天，让时洛不再孤单，不再伤心，因为我们是彼此不能缺少的陪伴。

记忆馆 PK 扶花苑，出租啦！ *

有个地方叫迷迭香记忆馆，它乃一家出售、寄卖回忆的神秘之所，这里有冷漠帅气的馆主、甜美可爱的店员、妖孽毒舌的"网红"、温柔多情的白领……

有个地方叫扶花苑，常年花开，四季如春，千年镇宅脊兽四面守护，这里有款式多样、性格各异的美少年，也有热辣俏皮的武馆少女……

记忆馆和扶花苑，美景、美食、美少年、美少女，应有尽有，那么问题来了，现在两家都有房出租，谁家更容易租出去呢？现在，让我们来进行PK吧！

☆居住环境PK

记忆馆主打元素——文艺小店

迷迭花香，橘黄色光芒，小资情调装修风格，印象派油画，欧式实木沙发，迷迭香雕花。梦幻的美，缓慢蓝调音乐，轻盈而优雅。

扶花苑主打元素——古风小院

汉风园林会馆式建筑，红墙黛瓦，古色古香，屋顶上排列各种脊兽。清晨细雨，淡薄阳光，蝴蝶在花苑内飞舞，空气舒适且清新。

☆人文环境PK

记忆馆

| 馆长：周稷 | 桃花眼，天生便比别人多一分风流，不爱笑 |
| 店员：夏云梦 | 甜美可爱 |

扶花苑

| 苑主：花慕晴 | 喜欢种花，会擒拿术，拥有甜甜的笑容和甜甜的声音 |
| 守护者：慕安 | 脊兽龙太子，天真无邪，貌美如"画" |

另外，住在记忆馆内的顾客，可享受售卖、存寄记忆的服务；住在扶花苑的顾客，可享受由守护者脊兽慕安带领顾客去脊兽世界一日游的服务。两家的房子都属于高端品质房源，间有限，名额有限！先到先得！

绝世美男团的"男子力"角逐大赛

绝世美男团强势来袭
独家上演的
"男子力"角逐大赛
现在开始!

选手1号·骑士范

姓名:安芄染

代表作:松小果 《美型骑士团·星辰王女》

制服宣言:美型骑士前来觐见,星空闪耀下的骑士精神是我最大的信仰。

内容简介:

"学霸"夏小鱼最大的爱好是看参考书;最喜欢的游戏就是做参考题。

可是谁来告诉她,为什么她突然得继任什么星空守护使,还要负责守护星空城的和平?这简直是在浪费她做题的时间!

还没等她反应过来,星空守护三骑士绚丽现身——

永远欺压在她头上的全校第一天才美少年安芄染说话刻薄就算了,还敢嫌弃新任守护使?

天使般可爱"正太"樱寻狐岛竟然足足有三百岁,结果莫名其妙地被抓走?

拥有奇特思维的"酷炫"系不良少年息九桐暮姗姗来迟,怎么是"吃货""话唠"?

呜呜呜,为什么解除骑士魔咒的办法是星空守护使的祝福初吻?

"学霸"少女的日常生活完全混乱啦!

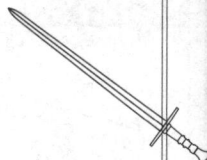

选手2号·科研范

姓名：北祁一

代表作：艾可乐 "星座公寓" 系列《绝版双子座拍档》

制服宣言：进击吧，双子怪君，你可是穿白大褂最好看的科学家！

内容简介：

名门大小姐项甜甜来到爱丽丝学院后，一心想摆脱社交障碍，交到朋友，却无意中成为桔梗公寓怪异美少年北祁一最配合的实验伙伴。

蟑螂的绝地反击、疯狂太空舱考验，呜呜呜……实验过程真的好痛苦！但是为了维持和北祁一之间珍贵的友情，项甜甜告诉自己一定要忍耐、忍耐、再忍耐！

友情持续发酵，逐渐散发出了恋爱的香甜气息，项甜甜快要沦陷了。

可是，就在她被北祁一的温柔打动，准备告白的时候，才知道北祁一竟然一直在欺骗她，他根本就不想和她做朋友，而只是……

北祁一！准备接受真心的惩罚吧！

两大占卜高手测算"不幸"预言，

鬼才双子对决内向摩羯，最不搭配星座"囧萌"相遇，将带你领略爆笑巅峰的浪漫恋情。

选手3号·王子范

姓名：阿普杜拉·斯坦尼·诺夫拉斯

代表作：艾可乐 《我家王子美如画》

制服宣言：除了我这种真正的王子，还有谁能穿出这种王子范！

内容简介：

存在感微弱的"透明"少女苏苹果，某天竟然从樱花许愿树下"挖"出了一名貌美如"画"的王子殿下！

哈哈，难道是她撞上绝世大好运了吗？

不，樱花王子只有颜值，智商却严重"掉线"，"撩"妹不自知，送礼送心跳……

苏苹果都后悔答应帮他完成秘密任务了！

可狡猾如狐的路易王子、傲慢的贵族少女阿尼娜来势汹汹！

一个爱算计人心，一个对王子虎视眈眈，透明少女能勇敢逆袭，为她家的"蠢萌"王子抵挡住强敌吗？

奢华美色，暖心拥抱，满分微笑，浪漫甜吻——

让艾可乐带你玩转现代宫廷恋爱！

选手四号·明星范

姓名：时洛

代表作：茶茶 《心跳薄荷之夏》

制服宣言：拥有明星衣橱和演员的自我修养，各种范应有尽有！

内容简介：

长跑是慕小满的特长，她失去了……

孤儿院是慕小满充满回忆的地方，也快要消失了……

元气少女慕小满，为了获得拯救孤儿院的资金，志忑地跟坏脾气的大明星时洛签下百万真人秀合约，却在与时洛的相处过程中，在这个除了颜值什么都没有的大明星身上感受到了被守护，慕小满慢慢沦陷。

可是，来自时洛的堂弟时澈莫名的追求和已经成为富家千金的昔日孤儿院好友的陷害，让慕小满和时洛渐行渐远。而时洛背后，一个始料未及的来自最亲近的人的阴谋，正在慢慢浮现……

绝世美男团的"男子力"角逐 现在开始，
选择你最喜欢的选手，去买他的代表作支持他吧！

不靠谱魔盒的真心

高傲男生VS呆萌少女

看呆萌少女如何在神秘魔盒的驱使下
一步一步成功占领男生心里重要位置

一个**无所不能**的**魔盒**，
一个可以实现你全部愿望的魔盒，
如果现在能满足你的一个愿望……
你的**愿望**是什么？

呆萌少女林悠悠傻傻
地问：
"**魔盒魔盒**告诉我，
将要成为我**男朋友**的
那个人会是**谁?**"

校园故事女王米米拉
携最新魔幻喜剧小说
《不靠谱魔盒的真心》强势回归

抹茶星光，甜蜜年华

吱，这里是巧乐吱的开年专场！

祝大家新年快乐，新年吉祥，新年如意，新年爱吃啥就吃啥，绝对不长胖！

言归正传，在新年的美好开头，大家需不需要一些慰藉心灵的"小甜品"呢？

吱吱在这里诚意推荐两款超美味的"甜品"哦！

第一款心灵甜品：
抹茶味的清新故事

第二款心灵甜品：
糖果味的浪漫故事

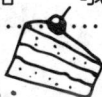

《初恋星光抹茶系》

米其林甜点师vs"吃货"冷美人
因为一块抹茶曲奇谱出的浪漫甜点独奏曲

巧克力文学代表巧乐吱
重磅推出"美食忠犬系"超满分限量组合

一间只为等待你的香气咖啡屋
一位守在原地的神秘花美男
一切都只为在璀璨星光里，再次和你相遇

《糖果色费洛蒙之恋》

糖果色的梦幻甜蜜故事
迷惑人心的韩系费洛蒙式恋歌
坚守老字号糖果店的活力少女vs集团高傲的继承人
巧克力文学掌门人巧乐吱打造超浪漫的校园恋爱物语
命中注定的夹心太妃糖之恋
奇妙的心跳邂逅

茶茶的梦之狂想曲

清新少女文学作家 茶茶 倾情谱写
治愈少女的青春三部曲

第一乐章♪
《宝石少女的精灵幽梦》
萌系纯真少女搭档全能冰山王子
共同追踪逃跑的精灵
流光溢彩的宝石国度
不经意间的清新恋曲

第二乐章♪《心跳薄荷之夏》
追梦少女邂逅超级偶像
签下闪耀的百万合约
炽热青春点燃真人秀舞台
和璀璨明星擦出别样火花

第三乐章♪《琴音少女梦乐诗》
古琴菜鸟挑战音乐难题
天才乐手成奇葩搭档
千年琴灵高傲助阵
琴音少女的解谜之旅精彩上演

《你让青春暗伤成茧》

你试过那样喜欢一个人吗？
像跗骨之蛆那样，不管会被憎恶还是讨厌，都缠着他。
仿佛只要你永远不放弃，他就是属于你的。

【夏蝉】

大雪过后的街道，死一般寂静。
我一个人在这样的世界，走啊，走啊……
相信走到头就会好，即使现在有诸多不幸。

【莫奈】

慈悲能填补空虚，宽恕能包容罪孽。
我们背负希望，缠在宿命织成的网里。
走轮回里的定数，每一步，不偏不倚，都是隐隐的痛。

【江淮南】

心如蚕茧·步入荆棘·爱成刀刃·宿命撕扯·一场雪祭
年少的碰撞 X 青春与岁月的煎熬 X 孤独的世界

亲爱的，你后来总会遇到一个人。在无人安慰的整个青春，那些让内心煎熬过的东西都会成为你荣光的勋章。
陌安凉手执命运之线，赠你一段逝去的旧时光！
相遇·别离·破碎·伤痛
神会给那些悲伤的灵魂，抚以安息的双眸。

《你让青春暗伤成茧》内容简介：

你曾是我触手可及的幸福，
你也是我永远触碰不到的遥远，
我们被包裹在密不透风的坟场里——
挣扎、拥抱、流泪、刺伤、离散。
你让我的青春暗伤成茧，我为你一生不再破茧成蝶。

忘·情

唐家小主 著

WANG·QING

在唐家小主的新书《忘·情》中，男女主角上演了一段极为纠结的恋爱，两人既是**"师徒"**，又有着**"宿仇"**。

他为她取名"涣芷熹"，意为希望她止于离散、仇恨，只留明亮与温暖。

但他忘了，**"涣虞"**本身就象征着分离与欺骗。

就男主角名字的意思来看，他属于六月的"香豌豆花"。

花语：温柔的回忆、再见、分离、充满喜悦。这代表甜蜜温馨的回忆。

女主角则属于十一月的"雏菊"。

花语：开朗、天真无邪、忠诚的爱、和平。此花通常是暗恋者送的花。

看了以上介绍，大家是不是很好奇自己的诞生花花语啊?

且看小编为大家一一介绍——

....

一月"樱草"：初恋、含羞。你深藏的热情会令人融化。

二月"香水紫罗兰"：永恒的美。一位充满智慧与爱的少女。

三月"勿忘我"：真爱、永不变心。代表希望与美丽。

四月"郁金香"：爱的告白、幸运、永恒的祝福。代表着性感、美丽和狂野。

五月"三叶草"：快乐、誓言、约定。代表着希望与幸福。

六月"香豌豆花"：温柔的回忆、再见、分离、充满喜悦。

七月"洋苏草"：热烈的思念。此花有种不可思议的神秘力量。

八月"百合花"：伟大的爱、神圣、纯洁。此花是纯洁的象征。

九月"香水矢车菊"：朴素、朴实。拥有此诞生花的人有种强烈的好奇心。

十月"大波斯菊"：坚强、少女的纯真、永远快乐。此花蕴藏无尽的喜悦。

十一月"香豌豆花"：开朗、天真无邪、忠诚的爱、和平。

十二月"风信子"：顽固、喜悦、幸福。此花成为情侣间守节的信物。

....

我曾流浪在你心上

魅丽优品重磅出品

才情天后锦年倾心打造纯美爱恋

读者心目中**最纯最美**的青春时光

一扫昔日故事里的疼痛、阴霾，带你领略酸中带甜的小美好

——《我曾流浪在你心上》

她曾经骁勇无敌，单枪匹马，攻城略地，只想走进他的心里。

他干净纯粹，如山上的雪，本来是一座万年不化的冰山，却为她动了心。

阴差阳错，一场宿醉，一次意外，三年诀别。

她以为他只是她的一场妄念，因为他的决绝离开，她度过了最绝望的三年时光。

三年之后，再次重逢，他依然耀眼，身体却有了缺陷，这依然阻挡不了她燃烧了三年的爱恨。

当她准备再次朝他靠近之时，当年他离开的真相却被残酷揭开……

爱一个人要有多深刻，才能经过那么多年时光依然念念不忘?

锦年《我曾流浪在你心上》

描绘出一个酸涩却温暖，爱恨交织，悲伤尽头看见阳光的纯美青春故事。

内容简要:

一个人究竟能爱一个人多久?

从遇见骆曲白开始，她就喜欢他。

经历三年漫长的追逐战，她那一腔奋勇的倒追闹得人尽皆知、满城风雨。

他从未回应她的喜欢，也从未给过她承诺，甚至不告而别，一走就是三年。

可是再重逢时，她看见他的第一眼就知道，骆曲白是她躲不开、逃不掉的魔障。

该喜欢的，从来就改变不了。

——骆曲白，我不知道我能爱你多久，大约赌上这一生，我也没办法把你忘掉。

《那朵青春要开花》之论自带滤镜的初次相遇

某编辑： 作为《那朵青春要开花》中最早开始"发狗粮"的一对，请问你们是怎么相遇的呢？

男生视角·冯亚星：

机场里，我正在找出口，然后呼啦啦来了一群戴着口罩、帽子，举着手牌还拿着单反相机狂奔的人。我退了两步，不小心把她撞倒了。那一刻我听到了心动的声音，特别清脆。

女生视角·郭漂亮：

我是"我爱豆个站"的前线记者，辛辛苦苦就是为了拍张好图，还特意换了高配置的相机……结果使用新相机的第一天，那个智障傻愣愣站在中间不让道，我叫他让开，他还撞倒我，当时镜头就碎了！我看到镜头碴稀里哗啦往下掉，发出来的声音脆得我心都碎了！

某编辑： 后来呢？

男生视角·冯亚星：

后来她趴在地上看着我，眼神清澈得就像小鹿斑比。我一下子就愧疚了，立马护着她，扶她起来，跟她道歉……但她好像害羞了，红着脸就走了。

女生视角·郭漂亮：

我趴地上的时候我爱豆当时就愣住了，一脸心疼地看着我。我的天，那个眼神……我的心都要碎了！心脏扑通扑通跳得好快。我想这下子我爱豆肯定要过来扶我了……结果，那个傻瓜揪着我衣领把我拎了起来，简直就像拎一只小鸡仔！那个傻瓜还拉着我不让我走，气得我都要脑充血了！浑蛋……

某编辑： 用一个词来形容一下你们的初次相遇。

男生视角·冯亚星：

怦然心动吧！

女生视角·郭漂亮：

生无可恋……

某编辑： 看来两位还是有一个相当难忘的初次相遇呢！

冯亚星脸含羞涩&郭漂亮无可奈何： 那当然啦！

慕夏 新书《那朵青春要开花》驾到

一个是古灵精怪的追星族，为爱痴狂，身陷流言之中。
一个是自闭的"中二"少女，遗世独立，封闭自己。
一个是"绝世"高手，隐瞒实力，躲躲藏藏。
深陷流言，她们要如何打破？
与众不同，是坚定自己还是放弃？
对的时间，恰好遇到，那个他是否是对的人？
请看慕夏搞怪新作《那朵青春要开花》！

春有桐花冬有雪

路过苏轻心生命中的三个少年

·魏然

——亲爱的轻心，永远不要对别人掉以轻心。

他是她年少时心底的柔软与温暖。他满载桐花而来，身披冬雪而去。他爱她至深，一辈子也忘不了。可是一辈子的羁绊，最终溃散成泥泞。

·张以时

——苏轻心啊，别哭了，别害怕。

他是苏轻心绝望时的守护神，永远装作事不关己，却又对她极尽维护。他守住了这个世界上无人知晓的秘密，永永远远地消失在那场大雨之中。

·池越城

——你真的没有爱过我吗，哪怕一点点？

池越城永远不知道，苏轻心曾对他动过情。只是动情和动心是完全不同的概念。可是，他们注定无法白头到老，即便他是唯一一个拥有过苏轻心的人。

那个重见光明的女孩，

走过下满白雪的小道，轻轻吟唱：

春有桐花，幸而你在旁。

冬有雪花，最好你在场。

《冬天该很好，你若尚在场》
可你不在场

西小洛 作品

林深见鹿，鹿有孤独

锦年 著

【林深小剧场】

前言： 令余南笙没想到的是，两年之后，换了新的城市、新的工作环境之后，自己竟然又落到沈郁希的"魔爪"中。一想到自己刚进报社那段"不堪回首"的日子，余南笙的心里就禁不住打了个冷战。而更令她想不到的是，她工作之后的第一个任务竟是访问刚刚从战地回来的沈郁希。

访问彩排中：

余南笙（好奇脸）：沈老师都去了哪些国家啊？（内心：这可能是一次报仇的好机会！）

沈郁希（面瘫）：很多。

余南笙（继续好奇脸）：有什么经验能和我们这些普通新闻工作者分享的？

沈郁希（继续面瘫）：没有。

余南笙（尽力掩饰尴尬）：那……沈老师，你得知自己获得最佳新闻人奖时心情是怎样的？

沈郁希：实至名归。

余南笙（微笑脸）：沈老师在做战地记者的时候遇到了什么特别的人吗？（内心：沈郁希，你一定是故意的！再不配合点，我要掀桌子了！）

沈郁希（看了一眼余南笙的表情，努力憋笑）：特别的人没有，但经常会想一个人。

余南笙（脸微红）：那有没有遇到过很危险的情况？（内心：啊，在说我吗？）

沈郁希：有啊。

余南笙：所以你这次是打算回归平淡，不再过枪林弹雨的生活了吗？

沈郁希微微一笑，直直地看着她。

沈郁希：想着如果我受伤一定会有人担心得要命，我不想再让她担心了。

余南笙（假装一本正经）：我想，网友们一定想知道，这位令沈大记者魂牵梦萦的人究竟是谁。

沈郁希（弯了弯唇角）：这个嘛……无可奉告。

余南笙：啊，沈郁希，你别跑！我还没问完呢……

沈郁希起身拿了瓶可乐，然后回了自己房间，表示并不想再进行这样毫无营养的访问。

而余南笙一怒之下，打开超市购物袋，打算把沈郁希准备晚上看球吃的零食全部消灭。

《盛爱晚夏》

年少的她，为了爱勇闯直前，却因无心犯下难以原谅的错。

而命运似乎嫌她不够悲惨，在黑暗中张开巨大的手，将她推入深渊。

从此，他再也无法听到她甜甜地叫自己——小季哥哥。

她从被人捧在手心的公主，沦为阶下囚。

两年后，当盛夏从铜墙铁壁中再获自由时，等待她的，又将是什么？

——你不能要求一个不喜欢你的人对你多好。

——那现在你为什么又要接近我？

——因为我喜欢你。

《盛爱晚夏》
——安晴巨献"救赎"系列第二部

愿年少时所有的过错都能被原谅，
愿心中的善念才是最终结局。

那些逝去的美好或不如意，
都将在时间的长河里安睡。
这是开往夏天的车，
往后都是绿叶成荫，
繁花似锦……

守护甜心，羁绊之结

凉桃 著

本该八竿子也打不到一起的人竟然意外相识，成为"**假情侣**"。

发展到最后，"**冒牌女友**"正式上位，来了一场弄假成真的戏码。

少女的浪漫
人与妖的冒险
鲛人千年之恋的痴情
亲人间的背叛

在《守护甜心，羁绊之结》中，**凉桃**将一一为你展现！

"朝，朝向晨……"

"嗯，我在。"

"朝向晨？"

"我在。"

"向晨？"

"我在。"

"小白脸？"

"我在。"

"大浑蛋？"

"我在。"

我在，我在……这次，无论你叫多少遍，我都在。我再也不会离开你了……

风华倾国

十年前，她是梦夏国最后一名公主
十年后，她是琉璃国第一女国师

身在敌国，她步步为营，一双素手暗中掀起整个朝局的腥风血雨，只为了结一场刻骨之恨！

她算到了一切，而他的到来却成了她的意料之外！

他是名震天下的"战神"，是所有女子仰慕的对象，却独对她一见钟情。

他与她的碰撞就仿佛上天注定，命运给了他们一击而中的爱情，可当真相抽丝剥茧般揭开，才发现她与他之间竟横隔着血海深仇和数以万计的枯骨！

是冥冥中注定，还是天意弄人？

大乱之世，纷扰天下，她与他皆背负着不同的使命，可她不知，在使命之上，他只求护她一人始终！

亡国公主卧底敌国，成功上位，于危机四伏中与琉璃国帝王将相一众人等斗智斗勇，谱写了一段传奇的乱世悲歌！

堪比《芈月传》的
女性励志成长故事

胜过《美人心计》的
爱恨缠绵纠葛

唐家小主挑战趣味权谋
推出重磅之作《风华倾国》

推荐指数 ★★★★★

行走在诗和远方

——安晴

距离从清迈回来已经有大半个月的时间了，心却似乎依然停留在那里的蓝天白云下，甚至梦里依然念念不忘聚居旅店旁那僻静却开满各种小花的林荫道。随意地在街上四处闲逛，在不经意间总能遇到一些修行者，还有来自世界各地的艺术家，他们每个人脸上的神色都很慵懒，仿佛自己是处在一个与世隔绝的地方，生活节奏慢得好像整座城市都刚从睡梦中醒来。

在旅程最后一天，我偶然遇到了两对来清迈拍婚纱照的情侣。我之所以对他们印象深刻，是因为两对新人居然都是双胞胎，相似的容貌在旁人看来，根本很难分辨出谁是谁，可他们却可以第一眼就认出彼此的恋人。

和他们告别后回到旅馆，我忍不住点开几个月前已经写好的稿子《我的世界以你为名》，重新翻阅了一遍。这个故事里的两位男主角也是一对双胞胎，他们虽然有着相似的容貌，性格却截然不同。之前写的时候，我好几次差点情绪失控，为每个人在青春岁月里的痛和泪、爱与付出。当你遇到一个人，他会为你收起他的顽固脾气，是因为他爱你；当他把你的兴趣也变成他的兴趣，也是因为他爱你；当他为你做出许多不可思议的改变，那更是因为他深深地爱着你。

回顾这几年的创作经历，我觉得自己真的很庆幸。从第一本《你是我的命运》，到最近上市的《南风替我告诉你》、《岁月还未来得及缠绵》，这期间我走过了许多地方，留下过很多温馨美好的回忆，也在旅途中激发出大量的创作灵感，以此构想出了很多故事。如果有人要问我最值得骄傲的事情，那大概就是不忘初心，一直坚持着最初的梦想——行走在远方，追求着诗意的生活，写着可以带给你们感动的故事。